危険な遊戯

「ん……ふ……んぅ、っ」

甘く唇を貪られながら、後孔で熱い雄蕊が小刻みに蠢く。

危《き》険《けん》な遊《ゆう》戯《ぎ》

いとう由《ゆ》貴《き》
ILLUSTRATION：五《ご》城《じょう》タイガ

危険な遊戯

LYNX ROMANCE

CONTENTS

危険な遊戯

§第一章

広いパーティー会場に、高瀬川和久《たかせがわかずひさ》は不貞腐《ふてくさ》れた思いで佇《たたず》んでいた。

もちろん、感情を表に出すような真似はしていない。表情はあくまでもにこやかに、けれど、内心ではうんざりしながら、和久は自分を取り囲む女性たちの話に頷《うなず》く。

「ああ、今年卒業されるのですか」

「ええ。その後は、多少社会勉強をしろと父に言われているんですけど……」

はにかんだ風に微笑《ほほえ》みながら、チラリと女性が和久を上目遣いに見やる。

なにかを期待するような眼差しに、和久は曖昧《あいまい》に微笑み返した。

「あら、おじ様はよくわかってらっしゃるのね。あなたには、充分お勉強が必要だってこと」

最初の女性よりもう少し華やかな女性が、わずかに嘲《あざけ》る色を加えて言ってくる。

「まあ……！」

小馬鹿にされたことを感じ取った女性が、憤慨《ふんがい》の声を上げる。

そういった遣り取りが、和久をますますうんざりさせた。このパーティーに自分を連れ出した兄は、まさか彼女らの中から結婚相手を探せとでもいうのだろうか。

それとも、すでに意中の女性がいるとか。

内心、和久はブルリと震えた。こんなピヨピヨと囀《さえず》るばかりの女と結婚なんて、冗談ではない。

和久はまだ、誰にも束縛されたくなかった。

高瀬川和久は二十六歳。晩婚化が進んだ昨今ならずとも、まだまだ真剣に結婚を考えなくとも許される年齢だ。

それがなぜ、落ち着くことを強要される事態に陥《おちい》ったかといえば、他人《ひと》はそれを自業自得というだろう。

身長も百七十八センチとまずまずの高さで、栗色の髪、やさしい甘茶色の瞳をした和久はちょっとした貴公子めいた美貌《びぼう》で、それこそ十代の頃から女性に不自由したことはなかった。

いや、女性ばかりではない。同性が相手であっても、和久が堕としにかかれば、堕ちない相手はまずいない。

正直、楽しければ相手など男女どちらでもかまわなかったから、この歳になるまで好きなように遊んできた。そのせいで、刃傷沙汰《にんじょうざた》になったことも一度ならずある。

なにしろ、どの相手とも楽しむだけで、本気の恋愛などしなかったからだ。

しかし、そのつど文句は言われたが、家族はなんだかんだと好きにさせてくれていた。

和久が、兄嫁の妹を捨てるまでは。

——お互い大人なんだから、別にいいじゃないか。

少し離れた場所でおえら方と談笑している兄・淳一《じゅんいち》をチラリと横目で見て、和久はぼやく。

兄嫁の妹・沙奈子《さなこ》だって、処女《バージン》というわけではなかった。

和久が初めての相手ではなかったのだから、少々遊び相手にしたといってもたいしたことではない。むしろ、結婚前にいい経験ができてよかったではないかくらいの気持ちだ。

どうせ、沙奈子のような家柄の娘は、好きでもない相手と政略結婚をさせられるのだ。そういう相手はたいてい、家柄も金もあるが、容姿に恵まれない男がほとんどだ。あるいは、つまらないセックスをするか。

そんな男の妻になる前に和久と楽しめたのだ。感謝されこそ、ここまで怒られる筋合いはない。たいていの女性が聞いたら激怒するような感覚で、和久は自らの行いを振り返る。

もっとも、そういう甘えた考えを持っても仕方のない経験を、和久は積んでいた。

少年期に年上の女性、あるいは、男性にさんざん甘やかされ、同年代からは憧れの眼差しを注がれる。

加えて、三人兄弟の末っ子に生まれた和久に、家族は万事甘かった。

——まあ、甘いというか、甘やかさざるを得なかったというか……。

冷めた思いで、和久は家族がことさら自分には甘い理由を思い浮かべ、すぐに頭から追い払った。昔のことだ。

内心自嘲《じちょう》し、もう義理は果たしただろうから帰らせてもらおうと、女性たちに愛想を振りまいて、彼女らから離れる。

兄に言えばきっと引き止められるだろうから、和久は黙って抜け出そうとした。だが、淳一はきっちりと、弟を見張っていたのだろう。抜け出しかけた出入口で、捕まってしまう。

「和久、まだパーティーは終わっていないだろう。木村《きむら》会長のご挨拶《あいさつ》がまだだぞ」

木村会長は、今日の会の主賓《しゅひん》だ。大手化学メーカーの創業一族で、その喜寿《きじゅ》を祝ってのパーティーだった。

和久はうんざりと振り返る。

「もういいだろう？　だいたい、会長の挨拶なんて最初に聞いたじゃないか」

「最後の挨拶だ。おまえも子供の頃、可愛がってもらっただろう。不義理はするな」

高瀬川家は総合商社の家柄だ。木村家とは昔から、浅からぬ付き合いがあった。

和久は思わず、ため息を吐く。

と、クスリと笑う声が聞こえて、淳一の隣に立つ男を睨《にら》んだ。まずまずの身長の自分よりも、その男はなお高い。

「噂《うわさ》の弟さんを紹介してもらえるかな」

「ああ、悪い。――和久、わたしの学生時代からの友人の下條義行《しもじょうよしゆき》だ。うちのメインバンクのほうの男だ」

「初めまして、だな、和久君」

悠然と見下ろしてきた義行に、和久はむっとした顔を向けた。『噂の弟』などと、まるで見世物のような言い方が癇《かん》に障《さわ》る。兄の友人というから、おそらく大方のことを兄から聞いているから、そんな態度なのだろう。

ならば、卒のない対応で取り繕う必要もない。

「真面目な兄とは正反対の弟に、興味がおありですか」

肩を竦《すく》めて、せいぜい予想どおりの自堕落な人間風に、誘うように微笑んでやる。

和久の挑発めいた態度に、兄が眉をひそめている。しかし、義行は逆に面白そうだ。

「なるほど。この調子で、老弱男女を誑《たぶら》かすんだな。淳一も苦労なことだ」

「わかるだろう？　これには手を焼いているんだ」

兄がため息をつく。義妹のことで妻からも文句を言われて、散々なのだろう。

だがそんなこと、和久の知ったことではない。

「俺は最初から、本気にはならないと言っておいた。それを勝手に熱くなって……。怨《うら》まれるのは筋違いだ」

「和久……そういう問題じゃないだろう。遊びなら遊びで、ちゃんとそういうことが通用する相手を選べ」

もっともらしく説教をしてくる淳一に、和久はうんざり顔で横を向く。いいと思ったから手を出した。手を出すに当たっては、自分はけして本気にならない男だと念を押してやった。

相手だってもう二十四歳の大人なのだ。これで充分だろう。

和久は吐き捨てる。

「ふん、俺よりも、大人同士の恋愛で姉に泣きつくほうがどうかしているだろ」

「和久！」

「それとも、姉に泣きついたら、俺との間をどうにかしてもらえるとでも期待していたとか？　俺の気持ちはとっくに冷めているのに、姉の縁で無理矢理復縁したところで、うまくいくと思ってるのかよ。馬鹿じゃないか」

和久の自分勝手な罵《のの し》りに、淳一の眉間がしだいに険しくなっていく。

怒らせてもかまわない気分だった。むしろ、怒ってくれたほうがいい気もする。

それとも、自分は兄を怒らせるために、あえてあの女性に手を出したのだろうか。

ふと、和久はそんな気がした。兄を、家族を、自分はもっと怒らせたいのだろうか。

だが、転がりかけた思考は、兄の隣に立つ男のせいで霧散《む さん》した。

「ずいぶん子供なんだな。たしか二十六歳と言っていなかったか、淳一」

「子供……？」

馬鹿にした言い方に、和久は思わず、義行を睨んだ。

しかし、義行はまったく無視して、淳一を見やっている。

淳一が肩を竦めて、友人に答える。

「二十六歳だよ、これで。だから、家族も手を焼いているんだ。父さんがいてくれたら、もっときつく言ってくれると思うんだが」

「おまえじゃ舐《な》められてるか。たいした甘えん坊だ。おやじさんが早くに亡くなって、おまえ自身も苦労しているというのに、困った弟だな」

「なっ……！」

完全に見下されている。

和久はカッとなり、頬《ほお》を紅潮させる。それを、義行が悠然と睥睨《へいげい》してきた。

「本当のことだろう。三年前におやじさんが亡くなり、それから淳一が会社で苦労しているのがわからないのか。いくら高瀬川家がM商事の大株主といっても、まだ三十三歳の淳一がそれだけで実権が握れるほど世の中は甘くない。おまえがその足を引っ張って、どうする。そんなこともわからないか ら、子供だと言っている」

「仕事は……仕事はちゃんとやっている！」

この間も、クウェートとの油田開発の契約をまとめたばかりだ。のらりくらりと言うことを変えるクウェート側との交渉は、神経を使うものだった。

だが、開発地区にかなりの石油が埋まっていることは確実だったし、今後、この契約で相当な利益が会社に入るはずだ。

その他にも、面倒な中東との仕事を、和久は入社以来多く手がけてきた。私生活はたしかにだらしないかもしれないが、仕事の面では兄の足を引っ張っていないと断言できる。

男なら、それで充分だろう。

「仕事だけやっていればいい？　淳一、おまえたちも少し、弟を甘やかしすぎたんじゃないのか？」

「まあ……いろいろあって多少な」

兄がやれやれという風に頭を振る。

義行が肩を竦めた。

「しっかり教えておいたほうがいいぞ。ただの平社員ならまだしも、わたしたちのような閨閥《けいばつ》には、下半身の管理も仕事のうちだ」

「三男の俺には、関係ないだろう！」

「大ありだ。おまえみたいに女性受けする容姿の奴は特にな。まあ、たしかに女性受けしそうな綺麗《きれい》な顔だ」

値踏みされるように、全身を眺《なが》められる。

と、かすかにその目が細められた。

和久は目ざとく、その眼差しに気づいた。いかにも計算ずくで生きてきたような男のその目つきに、和久は反撃のきっかけを見出す。

義行のそれは、和久にはお馴染みの視線だった。和久を欲しがる男は、みんな同じ目をする。

――なんだ……。

内心、和久はニンマリした。むかつくことばかり言ってくるこの男も、一皮剝《む》けばなんのことはない。魅力的なこの身体に惹《ひ》かれている、ただの雄だ。

そういう相手なら、和久にはお手の物だった。ひとつからかってやる。

兄が知人を見つけて離れた隙に、和久は義行の耳元にそっと囁いた。

「――そんなに俺に突っかからなくたって、寝たいんなら寝てやるよ」

とたんに、義行の男らしい眉がひそめられた。漆黒の髪に、黒く鋭い瞳、整った鼻梁《びりょう》だが唇がちょっと厚めで、それが全体のバランスを崩している。

だが、整っていないのが逆に、男臭くて魅力的だ。ただし、計算だけで生きているせいか、艶《つや》が足りない。

今も不愉快そうに、和久を見下ろしている。

和久は誘うように笑みを刷《は》いた。見る者が見れば、そこに嫣然《えんぜん》たる色香の切れ端を感じ取っただろう。

直撃された義行の目が、わずかに見開かれる。その手にしたグラスを新しいものに取り換えるついでに、和久は義行の手の甲をソロリと撫でた。

「いいんだよ、俺は。下條さん、ちょっと美味しそうだ」

「……馬鹿なことを言うな。失礼する」

和久の誘惑を振り払うように、義行が大きなストライドで背中を向ける。

去っていく義行を、和久は内心舌舐めずりしながら見送った。なかなか食指をそそられるようなてトイックさだ。

あの生真面目そうな顔を、和久とのセックスで快楽に染め抜いたら、どんな気持ちになるだろうか。縋《すが》りついて、求めさせたら？

見るからに同性との乱れた経験はなさそうな彼に、抱かれる側は難しいだろう。まあ、そういうタイプをオンナにしてやるのも楽しいのだが、ここは確実性を取るべきだ。

和久はどちらの口でもいける。特に抱かれる側では、どんな男もこの身体に夢中にさせられた。

生真面目そうなあの男なら、堕とした暁にはどれだけの奉仕を申し出てくることか。偉そうなあの顔が必死に自分に縋り、歓喜に震えてこの身体を貪り、奉仕する様を思い浮かべて、和久はゾクゾクする。


——決めた。

胸が久しぶりに高鳴った。

次の獲物は、彼だ。えらそうに説教してきたあの男を、和久という泥沼に沈めてやる。

——なにもかも計算どおりにはいかないってこと、きっちりと思い知らせてやるよ。

和久の口元が楽しげに微笑んだ。


相手も自分と同じく忙しく働く男で、ちょうどよかった。

仕事中毒の相手は、社会人になって以来、和久の絶好の獲物だった。

兄や義行は、和久をどうしようもない遊び人と思っているだろうが、和久にも自分なりの基準がある。

たとえば仕事だ。男女関係にケジメをつけられない自分の性情を自覚しているから、和久はよけいに仕事には熱を入れる。

和久なりに悪いと思ってはいるからだ。私生活は変えられないから、その代償として、仕事はきちんとやる。兄たちに、その点では迷惑はかけない。

長男の自覚を持って育ったしっかりした淳一、おそらくもともとの性格だろう生真面目な次男・圭二《けいじ》——淳一よりもよほどこの圭二のほうが和久の行状を苦々しく見ている——の二人に、和久なりに迷惑をかけないよう、努力していた。

そのせいで、社会人になって以来、遊ぶ時間を捻出するのに苦労している。だから、同じように仕事熱心な相手の時のほうが、あしらう面倒がない。

兄嫁の妹のような腰掛け気分のＯＬが相手だと、和久がなかなかデートの時間を作れないのを責められることがある。だいたいは理解を示すものなのだが、たまに面倒なこともあった。

その点、相手が同性の、さらには仕事熱心だとやりやすい。

和久はあらかじめ調べた義行の仕事ぶりを参考に、あのパーティーから十日ほど間を置いて、義行の勤務する銀行の前に車を停めた。

時間は十時近い。そろそろ、義行が出てくるはずだ。今日は和久も九時には仕事を終えたので、早速義行への誘惑を実行することにしたのだ。

脈はある。あの日の色を、和久が読み間違えるはずはなかった。計算高いだろうがさほど遊んでいない義行とは、経験値が違うのだ。

ほどなくして、俯《うつむ》き加減で義行が銀行ビルから出てくる。

和久はすかさず車から降り、義行に歩み寄った。銀行員らしくダークスーツの義行と違い、いったんマンションに戻って着替えてきた和久はマオカラーのシャレたスーツだ。

「下條さん、間に合ってよかった。送るよ」

「……和久君」

予期しない登場に、義行が驚いた様子で顔を上げる。明るく微笑んだ和久に、眉間に皺《しわ》が刻まれた。

「けっこうだ。まだ電車がある」

いずれはこの銀行で重職に就《つ》く立場のくせに、部長職の今は律儀に電車で通っているのが、おかしい。

義行の立場も、和久と似たようなものだった。閨閥の生まれで、関係のある職に就き、順調に出世する。ただし、上に兄二人の和久と違って、義行の上にいるのは兄一人だ。

次男、三男の違いはあったが、どちらも跡取りを支える立場にいることは同じだった。

それだからか、電車で通うなどという庶民性をアピールして、行内でも話しやすい人物として人望を集めている。

もっとも、それもまた計算であることを、和久は知っていた。将来に備えて、行内で有利な立場を築いているのだ。

そういう男だった。今日日、創業一族だからといってそう易々と経営権を握れるわけではない。余所者《よそもの》に奪われないためにも、一族を上げて立場を確保していく必要があった。

それがわかっているから、この男は将来を見越して動いている。頭のいい、けれど、自分をわかっていない男だった。

——仕事と私生活は違うんだよ。

和久が、義行もまた一人の生身の男であることを教えてやる。

和久はスルリと、義行の腕に腕を絡《から》めた。

「やめなさい」

「いやだよ。それより、早く車に乗らないと、同僚にこれを見られちゃうんじゃないの？」

和久は自分がかなり目立つタイプだとわかっている。実直が第一の銀行員が、こんなタイプの男と親しげにしている姿を見られたくないと思うのは承知の上で、絡んでやる。

苦々しげに、義行が和久を睨んだ。

それに和久は、ニッコリと微笑みを返してやる。

「ほら、早く。マンションに送ればいいよね？　道はわかってるから、任せて。ほら」

逃げられない義行を、和久は強引に助手席に乗せてしまう。

それから素早く運転席に回り、座った。

「……まったく。君はいつもこんなことをやっているのか」

「まさか！」

和久は軽く肩を竦める。そうして、少しだけ申し訳なさそうに、義行を見た。

「これはその……この間のお詫び。夕食まだだよね？　美味しいところ知っているから、ご馳走させて」

「夕食って、おい！」

義行は驚いて車を降りようとするが、和久はそれより早く、車を発進させる。

クスクスと笑いながら、義行に話しかけた。

「本当に悪かったと思ってるんだって。兄弟喧嘩《げんか》に巻き込んじゃってさ」

「悪いと思っているなら、ここから降ろせ。おまえと食事に付き合う気はない」

「そう冷たいこと言わないでよ。警戒しなくたって、誘惑なんてしないからさ。どうせ下條さんみたいな人は、俺みたいなタイプ嫌いだろ？　……みんな結局、兄さんみたいなのが好きなんだよな」

最後にポツリと呟《つぶや》いた。少しだけ寂しさを滲《にじ》ませた呟きに、義行が戸惑いを見せる。

だが、なにか言う前に、和久は沈みかけた表情を明るく変えて、義行をからかった。

「大丈夫。食事だけで、下條さんを食べたりしないからさ。安心して奢《おご》られてよ」

「わたしを食べるって……!?　ったく、どうしようもない性悪だな」

　義行が額に手を当てて、ため息をつく。しかし、もう和久の誘いを拒む気はなくなったのだろう。

深く息をついて助手席に背を預けるのを、和久はほくそ笑んで確認した。

　誘惑のゲームの始まりだった。

§第二章

それから、和久は暇を見つけては、義行を食事に誘った。それは、週に一度あるかないかの誘いで、その頻度で義行も、和久が第一印象よりもしっかりと仕事をしていることを理解していく。

もちろん、それが和久の狙いだ。ギャップというのはいつだって、人の注意を引くものだ。

中でも、悪印象から好印象へのギャップは、人の心に簡単に揺さぶりをかける。

現に義行も——。

何度目かの夕食で、義行が諭《さと》すように言ってきた。

「仕事と同じように、私生活もきちんとしたほうがいい。そのうち刺されるぞ、君は」

「そんなこと言われても性分だし。それに、ここひと月くらいは大人しくしてるしね、俺も」

フィレ肉のソテーを口に運びながら、さり気なく和久は口にした。

義行が首を傾げる。

「大人しくしている？　本当なのか、和久君」

「本当です。だって、余裕のある日はいつも、下条さんとご飯を食べてるだろ」

「わたしと……」

困ったように、義行の視線が泳ぐ。まんざらでもない反応だ。和久に好意を持たれていることに困惑しつつも、いやだとは思っていない。

義行の心の移り変わりが、和久には手に取るようにわかっていた。

もちろん、和久が単に弟のように懐いているわけではないことを、折に触れてはアピールしてある。

――今日はもう少し、進んでおくかな。

そう内心で一人ごち、和久はそっと靴を脱いだ。テーブルクロスの下で、ソロリと義行の脹脛《ふくらはぎ》を足先で撫でてやる。

ビクリ、と義行の脚が震えた。

表情には必死に出さないようにしている義行に、和久はわざと恥ずかしそうに微笑んだ。

「……ダメ？」

「よしなさい、和久君」

義行の眉がひそめられる。懸命に作ったであろう不快そうな表情に、和久は肩を落としてみせた。

「ごめんなさい……」

足を引き、そっと義行を仰ぎ見る。

義行は渋い顔だ。しかし、和久を無碍《むげ》にもできない様子が見て取れる。

和久は心中でほくそ笑んだ。

このひと月、本当に和久は禁欲生活を送っていた。万が一、義行に行状を調べられても大丈夫なようにだ。

愉快《ゆかい》なゲームのためなら、そんな禁欲すらも和久は楽しめる。

すでに、やさしく押しては引く和久の手管に、義行は夕食程度ならば抗わないようになっていた。

あともうひと押しだ。

食事を終えて、和久はニッコリと微笑んだ。

「じゃあ、送ってくね。今日はごめんね、下條さん」

さっきのことを謝ると、義行は「いや」と許してくれる。

「二度はないぞ、和久君」

「うん、わかってる。残念だけど……」

ため息を噛《か》み殺しながらそう囁《ささや》くと、義行の唇がキュッと引き結ばれるのが見えた。

内心の葛藤《かっとう》が透けて見える。

和久は友人の弟だ。男で、弟で、そんな関係の相手にそそられて、冷静なこの男が困惑しているのがよくわかる。

だが、堕ちるのも時間の問題だ。今まで真面目で面白みのない人生を送ってきただけに、和久の誘惑は甘い毒だろう。

その毒で、和久は義行をたっぷりと包み込んでやる。

車の鍵を解除し、和久は義行のために助手席を開けた。

「さ、どうぞ」

「ありがとう」

　そう言って、思わずといった調子で義行が和久の顔を見上げた。ふと、さっき拒んだことの埋め合わせをしたいと考えたのだろうか。

「君は、本当は真面目なんだな。けして酒を飲まない。代行車を頼んでもいいのに」

　早口で言ってくる義行に、和久は嬉《うれ》しそうに目尻を下げる。褒《ほ》められたのが嬉しい、そんな仔犬のような表情だ。

「だって、下條さんを送る役を、他の男に譲りたくないし。アルコールくらい我慢するのなんて、なんでもない」

　目を輝かせて言う和久に、義行が束の間、眩しげに目を細める。

　すかさず、ドアに置かれた手を、和久はキュッと握った。握って、すぐに離す。

「……ごめんね。俺、下條さんが……あ、なんでもない。聞かなかったことにして」

　つい、込み上げる想いを口にしそうになったという風情《ふぜい》で囁きかけ、ハッとした様子で、和久は言いかけた言葉を打ち消す。

　定番ではあるが、男の気を引くセリフ、間合い。

　義行がグッと奥歯を嚙みしめ、ぎこちなく和久から顔を背けるのが見えた。

　誘われている。和久をなんとかしたくてたまらない気分になっている。

　そのゾクゾクするような義行の葛藤に、和久は内心陶然《とうぜん》とする。

硬かった男が堕ちかけていくこの瞬間を味わえるのが、恋愛ゲームの醍醐味《だいごみ》だ。

「……ああ、聞いていない」

囁きに近い低い声で、義行が頷く。

押し殺した熱の存在を感じさせるその声に、和久はうっとりする。早く、この男を完全にモノにしたい。

和久は助手席に乗り込んだ義行を確認してドアを閉め、運転席に向かった。

いい具合だ。いい感じに、義行も惑わされてきている。

さて、どうしてやろうか。

なに食わぬ顔をしてハンドルを握りながら、和久は車を発進させた。


翌日、和久は絶望的な顔をして、義行の銀行前で車を停めた。ハンドルに突っ伏し、義行が出てくるのを待つ。

その日、義行は遅いようで、一時間近く和久はその状態で待ち続けた。

十一時近くになって、助手席のガラスを叩く音に、和久はハッとした様子で顔を上げた。

義行を見て、唇を噛みしめる。

すぐに、義行がドアを開けて入ってきた。

「どうしたんだ、和久君。昨日の今日で、珍しい……」

二日続けて、和久が義行に会いに来たことはなかった。そのことに、義行が心配そうに和久を覗《のぞ》き込んでくる。

和久はフッと、視線を逸らした。思いつめたように前方を見つめて、口を開く。

「……兄さんが見合いの準備をしているって、知ってた？」

「それは……」

義行が息を呑《の》む。

案の定だと、和久はほくそ笑んだ。

淳一が、和久の見合いを準備しているのは本当だ。ただし、もっと前にその話をされていたが。

もしかしたら、淳一は親しい友人の義行にもこの話をしているかもしれないと睨んだが、図に当たったらしい。

和久は恨めしそうに、義行に視線を送った。

「ひどいよ。俺の気持ち……知っているくせに、黙っていたなんて……」

「和久君、それは……」

義行が口ごもる。責められて動揺する義行を、和久はさらになじった。

「俺の気持ちなんて……どうせ、信用できないもんな。兄さんから聞いてるだろ？　十代の頃から、俺がどれだけメチャクチャやってきたか……。でも、それは……！」

必死の面持ちで、和久は義行を見上げる。縋るように、そのスーツの肩を摑《つか》んだ。

「俺は……俺は、一人だと寒くて……。ただ寒くて…………」

言いかけて、和久は唇を噛みしめた。俯き、首を振る。

顔を上げた時、和久の頬に浮かんでいるのは、自嘲だった。

「ごめん、こんなこと言われても、下條さんだって困るね。兄さんから強制見合いの話を聞かされて、俺、どうかしてた。それで結婚したからって、もう遊べないわけじゃないのにさ。これからだって……いくらでも遊んじゃえるし。俺の身体、好きだって奴はいっぱいいるんだ。セックスなんて、誰が相手でも気持ちがいいし、楽しめるし……。下條さんに相談することじゃなかったな、ごめん。仕事、終わったんだろ？　送ってくね。こんな時間まで仕事なんて、疲れただろ」

明るく言って、エンジンをかける。車を発進させても、義行は無言だった。

和久も黙って、義行のマンションまでただ車を走らせる。

三十分ほどで、マンションに着いた。庶民的に電車を使用してはいるが、住んでいるのは銀行から遠くない世田谷《せたがや》の高級マンションだ。

その前で、和久は停車した。

「お疲れ様。今日は本当に、ごめん。忘れて、今日の話……は、下條……さん？」

ふいに手を握られて、和久は戸惑った声を上げた。恐る恐る、義行を見上げる。

義行が意を決したように、サイドブレーキを持つ和久の手を握っていた。

ドクリ、と和久の鼓動が大きくなった。

この瞬間が、和久のもっとも好きな時だった。相手が堕ちたとわかる瞬間。自分の手のうちに堕ちてきたとわかる瞬間が、和久をなによりも興奮させる。

この時だけは、相手が自分を――自分だけを見ていると実感できる。

「……どうしたの、下條さん？」

声を震わせて、和久は義行に問いかけた。答えなどわかっているのに、なにもわからぬげに不安そうに義行を凝視する。

「――寒いのか？」

ただ一言、義行は訊《き》いてきた。さっきの和久の訴えを覚えての、問いかけだった。

和久は義行をじっと見つめ、小さく頷いた。

「寒い……。でも、誰にもこの寒さは……払えない」

「誰にも？」

「……誰にも。下條さん、降りて。それが下條さんのためだよ」

ここだけは本当だ。自分が大事なら、和久に手を出すのは間抜けだ。ましてや、計算ずくで生きている男が、和久のような人間と関わるのは災厄だった。

けれど、戒《いまし》めはこの場合、挑発だ。

義行の、和久を握る手が強くなった。意を決したように、義行が口を開く。

「——俺は、淳一に恨まれる」

「下條さん……」

呟く和久に、義行が切なそうに目を細めた。けれど、紡ぎ出される言葉は力強い。

彼は、心を決めたのだ。

「義行と呼べ。わたしが抱くほうでいいのだろう？　おまえを温めてやる」

ついに——。

義行に包まれた和久の手が震えた。見つめる甘茶色の瞳が切なげに歪む。

「いいの？　本当に、それでいいの？　俺……俺なんて、好きなタイプじゃないだろ」

「タイプじゃない。ついでに言えば、男相手も初めてだ。だが……こんなおまえを帰せるわけがないじゃないか」

「下條さ……」

「違う、義行だ」

そっと、指で唇を押さえられる。思ってもみない甘い態度に、和久はわずかに動揺しながらも従った。

まさか、この男にこんな甘い振る舞いができるとは。

「……義行、さん」

「それでいい。車は地下に入れろ。来客用に、もうひとつ駐車スペースを借りている」

「うん……」

和久は小さく頷いた。だが、どうでもいい。

ついに、義行を奪う夜が始まるのだ。


「答えてもらってなかったが、わたしが抱くほうでもかまわないか？」

互いにシャワーを済ませてから、バスローブ姿で向かい合って、訊ねられる。

寝室まで来て今さらと、和久は内心笑った。

だが、男が初めての義行にしてみれば、重要な問いだろう。

和久は俯いたまま、頷いた。

「俺はどっちでも……。いつも……相手に合わせてきたから」

和久の答えに、義行が目を見開く。

「意外だな。もっと、主導権を握って遊んでいるかと思っていた」

和久は顔を上げて、苦しげに微笑む。

「慰《なぐさ》めてくれるなら、誰でもよかったからだよ。抱いてほしい相手は抱いて、抱きたい相手には抱かれてきた。それで充分だった。——こんな俺、汚れてるって思うよね、義行さんは」

「馬鹿だな」

義行にそっと、頰を包まれる。慰めるようにやさしく、撫でられた。

「本当はどうしたい？　わたしを抱きたいか？　それとも、抱かれたいか。好きなほうを言ってみろ」

「抱きたいって言ったら、どうする？」

「考えてみる。できるかどうかわからないが、おまえの気持ちのほうが大切だ。言ってみろ、和久」

いつの間にか、呼び捨てになっている。けれど、そのほうが恋人らしい。

しかし、行為の前に抱くか、抱かれるのか訊かれたのは初めてだ。

不思議な感覚だった。いつも、気分でセックスをしてきたから、そんなふうに問われるのは新鮮だ。

抱かれる側がいいだろうと思っていたが、さて、どうしようか。

和久は義行の身体をチラリと見る。バスローブに包まれていても、その肉体の頑健さはよくわかった。充実した体軀《たいく》、きっと裸身も逞《たくま》しいに違いない。

和久は無言で、義行のバスローブの紐を解いた。前を開くと、その肩からバスローブを滑り落とす。

想像したよりもずっと男らしい肉体が現れた。胸板の厚さ、揺るぎない肩の強さ、しっかりとした腰、そこから伸びる長い脚。

なにより、うっとりするほど雄臭い、義行の性器に、和久は視線を惹きつけられる。そこはすでに、わずかに反応を始めていた。

クスリと笑って、和久は今度は自らのバスローブを脱ぎ落とした。義行ほどではないが、やはりきちんと筋肉のついた、鍛えられた体軀が晒《さら》される。

「いい身体だ、和久」

「それなりに鍛えておかないと、スーツが似合わないだろう？　――俺、抱かれるほうでいい。義行さんに……抱かれたい」

こんなに美味しそうな雄を目の前にして、抱かれる以外の選択肢など考えられない。あれほどの雄芯に貫かれたら、いったいどんな心地がするだろうか。

打算抜きで、和久はそう思った。

和久からうっとりとしたため息が零れる。

欲情を見せる和久に、義行がフッと微笑む。義行も負けず劣らず、和久に興奮している様子だった。やさしく、肌を辿《たど》られた。

「わかった。まずいやり方をしたら、教えてくれ」

「……うん」

和久は頷き、目を閉じた。キスしたい。

誘ったのを理解して、義行の唇が落ちてくる。

キスをしながら、和久は義行とともにベッドに倒れ込んだ。義行のベッドはキングサイズで、清潔なシトラス系の匂いがする。

それがいかにもご立派な義行らしくて、今からそれを穢《けが》す楽しみに身体の奥がゾクゾクした。

「ぁ……義行さん……んっ」

唇が離れても、すぐにまた義行がキスで塞いでくる。舌を絡まされて吸われ、和久の脳髄《のうずい》が痺《しび》れた。

――うまい……。

癪《しゃく》に障るが、義行のキスはなかなかのものだった。角度を変えながら唇を吸われ、舌で口の中を探られるのがたまらなかった。

和久は足を開いて、押し倒してきた身体を挟んだ。そうして互いに反応を始めている性器と性器を擦《す》り合わせる。

「んっ……」

義行から詰まった呻《うめ》きが洩《も》れた。

「これ、いい？　女相手ではこんな感じ、味わえないだろう？」

「女のことは言うな……ふ、いいな。ゾクゾクする」

腰を使って、和久はさらに大胆に互いの性器を絡ませた。しだいに、どちらのモノも硬く成長していくのがわかる。

昂《たかぶ》りきったところで、和久は義行の性器をそっと握った。

「和久……くっ」

直接の刺激に、呻く義行が可愛い。和久で感じているのがなおさら、こちらの情欲を刺激した。

けれど、表情はあくまで必死そうに、和久は義行に囁く。熱を帯びながらも、多少の気恥ずかしさを交えながら。

「先に……一回、イかしてあげる。クリームの代わりに、義行さんの……使わせて？」

そう言うと、和久は慣れた手つきで義行の性器を扱《しご》き始めた。

熱くて硬い、逞しい性器に、扱く手つきにも自然と力が入る。

義行が呻いた。けれど、やられっぱなしになるのは、雄のプライドが許さないのだろう。

「馬鹿。わたしだけ先だなんて……」

「あっ……！」

胸に、義行が顔を伏せてきた。

乳首をペロリと舐められて、和久は甘い声を上げる。ツンと尖った乳首は和久の性感帯のひとつで、弱い。

和久の反応で、義行もすぐにそれがわかったようだ。小さな胸の粒を唇と舌で、丁寧に愛撫《あいぶ》し始める。

「綺麗な桜色だな。肌の色が白いからか……ん、吸うのにちょうどいい大きさだ」

「ぁ……あぁ、義行さ……ん、んっ」

あえて声を甘くしなくても、義行の舌遣いがよくて、和久は自然と恥ずかしい喘《あえ》ぎを上げてしまう。

唇で挟んで吸ったり、舌先でツンと尖った先端をつついたり、あるいは軽く歯を当ててきたり、男は初めてだという義行だったが、その愛撫は的確で巧みだった。

女性にするように、時に胸を揉《も》んできたりする。

柔らかなふくらみはないのに、なぜか、和久はジンと疼《うず》く。気持ちがいい。

恥ずかしそうに喘ぐ和久に、義行がうっとりとした声を洩らした。

「男でも……そんな色っぽい声が出るんだな。いい声だ。もっと鳴いてくれ」

「あっ、そんな……あぁ、んっ」

チュッと乳首にキスをされ、続いて指で抓まれたほうを少しだけ強く押し潰される。甘さと痛みと絶妙のバランスに、和久の声はさらに蕩《とろ》けた。

胸を弄られながら、和久は義行の雄を扱き続けた。括《くび》れをくすぐり、幹を擦り上げ、時々先端を撫でる。特に、蜜が滲む穴の部分を、指先でグリグリと刺激してやった。

義行の下肢がヒクンと揺れる。ドクドクと、ペニスが膨張していくのがわかった。

「すごいな……同じ男だとこんなに……んっ、イくぞ、和久」

もちろん、望むところだった。和久も甘くせがむ。

「イッて。いっぱい出して、義行さん」

そう言うと、性器を扱く手の動きを激しくした。擦って、擦って、擦って、ドクリと膨れた先端をねっとりと撫でる。

「……くっ！」

ブルリと義行が腰を震わせた。

次の瞬間、白濁が迸《ほとばし》る。たっぷりとした濃厚な粘液が、熱く、和久の掌《てのひら》を濡らした。

──すごい……濃い……。

掌で感じるだけで、義行の精液の濃密さがわかる。眩暈《めまい》がするような男ぶりだ。

この粘液を中で放たれることを想像して、和久は陶然となる。

しかし、その前に準備があった。

和久は、義行の吐き出した蜜を手に取ると、軽く脱力した義行の身体をベッドに押し倒した。そのまま、和久は義行の下肢にうずくまった。

「なにを……和久？」

「俺の準備ができるまで、もう一回、ここを気持ちよくしてやる。俺の口で」

「ちょっ……和久！　んっ」

反論する間も与えず、和久はいったん萎えた性器をパクリと口に含んだ。舌を絡ませ、ねっとりと熱い性器を吸い上げた。

すぐに、義行は反応を返してくる。身体同様、性器も逞しいようだ。これなら、充分楽しませてもらえる。

チュ、クチュと義行の雄芯に口で奉仕しながら、和久は自身の蕾へと指を這《は》わせる。義行の白濁のぬめりで、襞《ひだ》を綻ばせることを始めた。

義行が声を上擦らせる。

「自分で……そんなことを……」

「だって……義行さん、男は初めてなんでしょ？　見なくていいよ。全部、俺が準備するから」

いかにも健気にそう言う。もっとも本音は、経験のない義行にやらせて、怪我をしたくないだけだ。

しかし、義行は雄のプライドを刺激されてしまったらしい。強い力で、下肢にうずくまる和久を引き剝がすと、その身体を押し倒してきた。

「ちょっと……義行さん！」

「わたしが舐めてやる」

そう言って、和久の足を胸まで押し広げる。躊躇《ためら》いもなく、その狭間の蕾に舌を這わせてきた。

熱い、ぬめった舌のザラリとした感触に、和久はブルリと震えた。

「やっ……ダメだ。そこ……義行さんの精液が……」

指で塗りたくったから、たっぷりとついている。

しかし、それを義行は躊躇いなく、舐め取っていった。

同性相手は初めてだと言ったのに、なんて男だ。

——あぁ……ゾクゾクする。

あの冷徹な男の口に、自らの精液を舐めさせているなんて。精液を舐めさせて、和久の後孔を濡らさせているなんて。

いつもは感じない背徳的な悦楽を、和久は感じた。和久を侮蔑《ぶべつ》していた男を誘惑して堕としたことが、ここまで興奮を高めるなんて思ってもみなかった。

しかも、いちいち義行が訊いてくるのが、和久をさらにたまらない気分にさせる。

「襞がヒクヒクしている。指を挿《い》れてみてもいいか？」

「ん……いいよ。挿れて……」

挿れれば次は、

「動かしてみても？」

と問われる。

「……ん」

答えると、興奮した囁きが返される。

「すごいな……わたしの指におまえの中が吸いついて……気持ちがいいのか、和久」

「ん……いい……いいよ、あ」

「もう一本、指を挿れても？」

「ん……して……ぁ、あぁ」

「ペニスが勃《た》っている……。気持ちがいいんだな、和久」

「あぁ……っ！」

興奮した義行に、性器を咥《くわ》えられた。そうしながら、義行が和久の中を指で穿《うが》っていく。

ダメだ。イッてしまう。

和久は慌てて、自身の性器の根元を握りしめた。

「ダメ……イかせないで……」

「なぜ？　気持ちがいいのだろう？」

義行が自分の口でイけと促《うなが》してくる。それを必死に、和久はこらえた。

「だって……辛くなるから……挿れる時……義行さんの……挿れる時……あ、んっ」

「そうなのか？　そういうものなのか。では……もう挿れてもいいか？　わたしももう……おまえの中を感じたい」

切羽詰まった様子で頼んでくる義行に、和久の興奮がいや増した。あの嫌味な男が、和久で興奮しているのだ。ヤりたいとせがんできているのだ。

――ほら、結局おまえだって、俺の身体が欲しいだろうが。

心中でニンマリと笑って、和久は義行に「うん」と頷いた。

「して……早く、挿れて……俺も、もう……んっ」

自分で自分の性器を握りしめながら、切なげに喉を仰け反らせた和久に、義行がコクリと喉を鳴らす。

乱暴なほどの勢いで、体内の指を引き抜かれた。むごく、足をさらに押し広げられる。

顔を上げた義行の下肢では、その欲望が隆々と漲《みなぎ》っていた。和久を欲しがって、勃起している。

和久の喉も義行と同じようにコクリと鳴った。欲しい。早く、アレで貫かれたい。

「来て……義行さん……」

「和久……」

情動に突き動かされるように、義行の声が上擦っている。そっと、和久の小さな蕾に男根が押し当てられた。

「入るのか……」

この期に及んで不安そうに、義行が呟く。

だが、熱い欲望を感じた和久の花襞が、せがむようにその欲望に吸いついた。クチュと口を開き、貫いてくれと蠢《うごめ》く。

「大丈夫……だから」

「自分から吸いついてきている……すごいな。わかった……和久、いくぞ……んっ」

「あぁ……あ、んんっ！」

太い、熱い、欲望に開かれる。今まで咥えたことのないほど雄大な灼熱の怒張が、和久の後孔を開いていった。

――すごい……これ……っ。

たまらず、和久は義行にしがみついた。縛《いまし》めの外れた性器から、ビュッと精液が飛び散ったが、そんなことはもうどうでもいい。

ただよくて。よすぎて。

「あ、あ、あ……あぁぁぁぁぁあっっ……！」

和久は高い悲鳴を上げながら、義行に貫かれていく。最後に強く突き上げられ、束の間、意識を失くした。

気がつくと、自分の身体がガクガクと揺さぶられているのがわかった。下腹部が自分の出した蜜でねっとりと濡れている。

後孔からは、義行が怒張を抜き差しする粘着音が淫《みだ》らに立ち上がっていた。達したはずなのに、自分の身体はもう熟れてきている。後孔はいやらしく義行の雄芯に絡みつき、前方の果実ははしたなくそそり立っていた。

「ぁ……義行さ……」

義行はもう夢中だ。止められない情動のまま、和久の肉奥を穿っている。

「和久、すまない……くっ、止められない……よすぎて……あぁ、和久」

力強く抽挿を続ける義行から、汗が滴り落ちる。胸に落ちたその汗の感触に、和久は新たな快感を覚えさせられた。

止められないと興奮している義行が、和久までも昂らせる。

和久は夢中になって義行にしがみつき、その抽挿に合わせるように腰を揺らめかせた。もっと深くまで犯してほしくて、足を義行の腰に絡みつかせて、貪る。

「あ、あ、あ……義行さん、義行さ……っ」

「和久……いいぞ……いい……！」

強く雄を捩じ込まれ、強引に引き抜かれる。そしてまた戦慄く肉襞を男根に抉られて、最奥で腰を回された。

――気持ちいい……っ！

自分を馬鹿にした男が夢中になって腰を振っている様が。そして、そんな男が持つ思いがけないほど充溢《じゅういつ》した雄が。

「あ……あ、あ……ぁ、んっ」

二人して一気に、快楽の階《きざはし》を駆け上がる。信じられない絶頂だった。

「くっ……和久っ……」

「義行さ……あぁぁぁ――……っっ！」

キンとした耳鳴りとともに、和久も二度目の放出に痙攣《けいれん》する。中が熱く濡れると同時に、自分の出したもので腹が、胸が生暖かく濡れるのを感じた。

抱き合った互いの身体が硬直し、悦楽の果てを二人して味わう。

そして、弛緩《しかん》した。

すごい。すごくいい。

トロリと蕩けた目で、和久は自分に伸しかかったまま荒く息をついている義行に囁きかけた。半《なか》ば本心からの囁きだった。

「……はぁ……義行さん、俺……こんなの……初めて……」

「わたしもだ。セックスが……こんなに感じるものだとは……。おまえを……好きだからか」

頬をまさぐられ、熱く囁き返される。

キスするほどに近くの囁きに、和久はうっとりと答えた。

「俺のこと……好き？　好きになってくれる？」

問いかけに、義行の顔がクシャリと歪んだ。強く抱きしめられる。

「馬鹿が。好きでなければ、男相手にこんなことができるか。好きだから抱いたんだ、和久」

肩に顔を埋めるように、義行が呻く。

和久に晴れやかな笑みが浮かんだ。瞳が輝く。

――勝った。

完全に、義行は和久のものだ。この先、甘い甘い時を味わわせてから、この男を捨ててやる。その時の泣き面を見て、笑ってやる。

けれどそれまでは、義行は和久の可愛い恋人だった。せいぜいいい気にさせてやろう。

泣き濡れた声で、和久は男の耳朶《じだ》に睦言《むつごと》を送った。

「俺も……セックスはたくさんしたけど、こんなの……初めてだ。好きだ……義行さん」

「和久……」

起き上がった義行に、愛しげに口づけられる。そのキスを受けながら、和久は満足感に酔いしれた。

§第三章

契約書をチェックし、不備がないか確認する。細かい書類のチェックはだいたい外から帰った夕方以降になることが多かった。

様々な新エネルギーの需要が高まっているとはいえ、主流となるのはやはり石油・ガスだった。

和久のいるエネルギー部門ではそれらの開発・買付などを請け負っている。和久の担当は中東方面で、そちらへの出張も多いし、王族を相手にする商売のため、気遣いも必要な仕事だ。

遊びでは奔放な和久だったが、仕事には案外繊細な心遣いを見せていて、和久を知る家族からは驚かれている。

もっとも、和久にしてみれば当然のことだった。自分が我儘《わがまま》なので、同じように気まぐれな相手がなにを望んでいるか、わかりやすいだけのことだ。

すでに、時間は十一時を過ぎている。部内のフロアに残っているのは、和久だけになっていた。

和久は確認が済むと、読み終わった契約書をまとめて、鍵付きの引き出しの中にしまう。

軽く伸びをして、立ち上がった。約束の時間からは、すでに一時間以上過ぎている。

——そろそろいいか。

ニヤリと唇の端を上げて、和久はデスクの上を簡単に片付けた。それから、鞄を手に部署を出る。

義行はきっと、辛抱強く待っているだろう。

身体を繋げたあの夜から、和久と義行の立場は逆転していた。それまでは、和久のほうが義行を待ち伏せし、迎えに行っていたのに、あれ以来、迎えに来るのは義行のほうだ。しかも、律儀な義行はあらかじめメールをして、和久の予定を訊いてくる。

最初のうちはちゃんと約束どおり、義行を待っていた和久だったが、それを少しずつ、仕事を理由にして待ちぼうけをくらわせ、半月後の今は逆に振り回してやっていた。一時間やそこら待たせるのは、普通だ。

そうなっても、義行のやさしさは変わらない。遊んだことがなさそうな義行が、一度和久のような男に入れ込めばこうなるという、見本のような忠実さだった。

だが、あいにく和久はそういうものに絆《ほだ》されるような可愛らしい性格ではない。むしろ、どんどん己の意中に嵌《は》まっていく義行が、おかしくてたまらない。

鼻歌を歌いながら、和久は会社ビルのロビーから出た。

案の定、ビルの前には義行が車を停めて待っている。軽薄な外車――それも、スポーツカー――の和久と違い、義行のそれは堅実な国産車――色も黒――だ。お堅い銀行員にピッタリのやつだった。

急ぐ様子もなく歩み寄った和久に、運転席から降りた義行が助手席のドアを開けてくれる。

「ありがとう。遅くなって、ごめんね。仕事が押しちゃってさ」

「いいよ。お互い忙しい身だ。こうして会う時間を作ってくれるだけでいい」

腹に力を入れておかなくては、この男のこんな甘い言葉に吹き出してしまいそうだ。初めて会ったパーティーのことを思えば、義行からこんな甘ったるい言葉が和久に向けられるなんて、想像もできない。

助手席に乗り込むと、義行がドアを閉めてくれる。それから運転席に入った義行が、和久の手をそっと握ってきた。

「今夜は、泊まってくれるか？」

和久を欲しがる熱い囁き。この頃ではだいぶ義行も和久の癖《くせ》がわかってきていて、セックスがそれなりにねちっこいものになっていた。

義行はたいして好きではないが、義行とのセックスは嫌いじゃない。特に、トロトロにされてからの挿入は、義行のモノの大きさ・形が和久にピッタリということもあって、本気の喘ぎを上げてしまう。

そろそろセックスを拒む時を作ろう、と和久は考えているのだが、握られた手を外し、つい義行の股間に手を這わせてしまう。

三十三歳といえば、もう少し枯れてもいい頃なのに、義行のそこは行為への期待に熱を帯びていた。

和久から甘い吐息が零れる。これで貫かれることを想像するだけで、イッてしまいそうだ。

気がつくと、和久は義行の誘いに「うん」と答えていた。

「いいよ。着替え、あるよね？」

「もちろん。新しいスーツを作らせておいた」

和久が手ぶらで泊まれるよう、義行の心遣いの一つだ。

どこで調べたのか和久の身体にピッタリの、オーダー製のものを義行は誂《あつら》えさせていた。ネクタイもネクタイピンも、靴も、すべて義行が選んだ一流のものだ。

――ホント、いい恋人だよな。

身体も、金回りも最高。

冷たくするのは次回からにしよう。そう思いながら、和久はまた今夜も、義行との夜を楽しんだ。


正気づかされたのは、次の週末だった。このひと月半近く連絡を取っていない遊び仲間から、焦れたようなメールを受けたことが、きっかけだ。

いいかげん獲物は堕ちたんじゃないかというメールに、和久はハッとなる。身体の相性の良さについ、また今度、また今度と伸ばし伸ばしにしてしまったが、本来自分は義行を笑い飛ばすために堕としたのだったたと思い出す。

でなければ、移り気な和久がこんなに長い間、一人だけと付き合うなどということはない。

――潮時……だよな。

和久は、携帯を持った手首に嵌まった腕時計をチラリと見る。この時計も、義行からのプレゼントだ。高価だが、仕事にも充分使える程度に華美ではない。

義行は、まるで女性相手にするように、和久に間断なくプレゼントを贈ってくれていた。今では、和久が身につけるもののほとんどが、義行からの贈り物だ。

つまり、義行はすっかり和久に入れ込んでいる、ということだった。

メールの画面を閉じて、和久はひとつ息をつく。

――そうだな。もう頃合いだ。

義行とのセックスは最高だが、いずれ飽きることは経験からわかっている。飽きるまで付き合うという手もあったが、義行との付き合いはそれが目的ではない。

あの冷静な男に恥をかかせるために口説いたのだ。和久に夢中になったところが頃合いだった。


翌日。

和久はホテルで会おうと、義行に電話した。たまには気分を変えて、と付け足して。

義行はもちろん快諾した。それどころか、自分のほうから思いつくべきだったとまで言って、謝ってきた。

――馬鹿な奴。

和久はせせら笑う。

予約したスイートで、和久はひと月半の間連絡を絶っていた取り巻きたちを呼び寄せた。

「楽しいショーを見せてやる」

「はは、例の彼氏、どんな顔になるかな」

「真面目な銀行員だから、泡噴いてぶっ倒れるんじゃないのか？」

「悪い奴、ははは」

呼んだのは、男の取り巻きたちだ。そのほうが、義行がよりショックを受けるだろうと考えての選択だった。

ついでに、彼らの一人に義行を拘束させて、見せつけながらセックスしてやろうかとまで、和久は考える。

とにかく、これは自分を馬鹿にした義行への報復なのだ。

取り巻きたちと談笑しながら、和久は義行が来るのを待った。

約束の時間ぴったりに、スイートのインターホンが鳴る。義行だ。

取り巻きたちがニヤニヤと笑う中、和久は男たちの一人にドアを開けさせた。

「……君は？」

リビングのソファで男たちにしなだれかかる和久の耳に、スイートの玄関フロアから義行の訝《いぶか》しげな問いがかすかに聞こえた。

男に案内されて、義行がリビングに入ってくる。軽く、その目が見開かれた。

「いつもどおり律儀だね、義行さん」

「なんだ、これは?」

取り巻きの一人に腰を抱かれ、しなだれかかっている和久の姿に、義行は眉をひそめている。険しい視線に、和久はゾクゾクした。

和久のような人間に夢中になった自分を責めるといい。

さあ、ショーの始まりだ。

和久は楽しげに口を開いた。

「なにって、遊んでいるんだよ。そろそろあんたも、こういう遊びに誘ってもいいかと思ってさ」

「遊び?」

立ちつくす義行を見やりながら、和久は腰を抱く男の頭を引き寄せ、キスをした。舌を絡ませる淫《いん》蕩《とう》な口づけだ。

「ん……ぁ」

それを開始の合図と受け取ったのか、別の男が和久のシャツのボタンを外し出す。前を開かれ、淫らな桜色の乳首に男がしゃぶりついてくる。

クスクス笑いながら、和久は義行を嘲った。

「あんたも参加する?」

義行は依然として厳しい顔のままだ。命じる口調で、和久を制止しようとしてくる。

「馬鹿なことはやめろ。おまえはわたしと付き合っているのだろう？　他の男に、おまえに触れる権利はない」

「権利？」

義行の言葉に、和久も男たちも笑い出す。義行の案内をした男が、その肩を叩いた。

「あんた、この性悪に遊ばれたんだって、まだわからないのかよ」

「そうそう！　あんたを堕として、夢中にさせるのが、今回のゲームってわけ」

「このひと月半、っていうか、できてからは半月だっけ？　和久を独り占めしてたんだから、そろそろ俺たちに返してもらわないとな。――う～ん、相変わらずいい匂いの肌だ、和久」

腰を抱いた男が、和久の首筋に舌を這わし、義行に見せつけるように舐めてくる。

それに応じて、和久も甘い声を上げてやる。せいぜい淫らに。義行を嘲笑《ちょうしょう》するように。

「あ、ん……下も触れよ」

「はいはい、王子様」

男は頷くと、首筋にキスをしながら、下肢に手を伸ばした。大きく開いた股間をねっとりと撫でる。

前方では、別の男がまだ乳首を舐めていた。代わる代わる舐めて、濡れた乳首を指で転がしながら、もう一方をしゃぶっている。

和久はチラリと義行を見上げた。どれだけショックを受けているのか、そのあほ面を心ゆくまで観賞してやるつもりだった。

しかし――。

低い笑い声が、室内に響いた。

和久は眉をひそめた。

「なんだよ……」

男たちも動きを止める。

義行が、腹に手を当てて低く笑っていた。ひとしきり笑い、眼差しが傲然《ごうぜん》としたものに変わる。

その鮮やかな変貌に、和久は息を呑んだ。

「なんだよ……」

「本当に、馬鹿な奴だ」

「なっ……！」

あのパーティーの時のような小馬鹿にした言いように、和久は絡みついていた取り巻きたちを払いのけて、ソファから起き上がった。

「なに言ってるんだよ、おまえ！」

信じられなかった。今、義行はショックを受けているはずではなかったのか？　それがどうして、こんな上からものを言ってくるのだ。

勝っていたのは和久のはずだった。勝利を確信したからこそ、最後の仕上げにこの舞台を用意したのだ。

強がりだ。きっとそうに決まっている。プライドを傷つけられたから、それを隠すためにわざと上から目線で強がっているだけだ。

和久はフンと鼻を鳴らした。

「その態度、いつまで続くかな。あんたとの単調なセックスには、もう飽きたんだよ。もともと、恥をかかせるためだけに口説いたんだし」

しかし、肩を竦めると、歩み寄ってきた義行に手首を摑まれた。そのまま当然の如く、もう片方の手を、開いたシャツの中に入れられ、和久はビクリとする。

「触るな。放せっ！」

和久は怒鳴ったが、それを義行は綺麗に無視する。シャツの中に入った掌が、触れるか触れないかのギリギリのところで腹から胸にかけて撫で上げてきて、和久の肌が粟立った、

「やめろ……」

グッと、抱き寄せられる。今までとはまったく違う顔を見せた義行が、ゆったりと鼻で笑った。

「恥をかかせるためがこの程度か。どうした？　わたしとのセックスに飽きているなら、こんなことで感じはしないだろう、和久」

耳朶を舐めるように、義行が囁いてくる。その間にも、素肌を辿って上に這った掌が乳首をかすめ

た。

「……んっ」

取り巻きたちに与えたのとは違う、本物の喘ぎが上がりかけ、和久はとっさに唇を噛みしめた。けれど、頬は桜色に染まり、身体がしっとりと潤み出していて、和久が感じている様子ははっきりとわかってしまう。

「か、和久から手を離せ。おまえとはゲームだったんだ」

義行の発する雰囲気に呑まれかけた男の一人が、ハッとしたように声を上げてくる。

だが、和久の腰を軽く抱いた義行が、喉の奥で笑った。

「ゲーム？　ゲームなのはおまえたちのほうだろう。——教えてやろう。本物のキスとは、こういうものだ」

「やめ……っ、んん」

強引に顎を摑まれ、口づけられる。和久は義行の肩を摑んで、引き離そうとした。

しかし、侵入した舌に強く舌を絡められ、身体の芯がジンとなる。

「んっ……ふ、ゃ……」

唇を味わうように、吸われた。口内の感じるところをねっとりと、舌で舐められる。

触れてくる舌が熱い。角度を変えて、何度もキスを繰り返されながら、和久は義行の舌に追いつめられていった。

絡まり、舐め合い、陶然となる。

いつの間にか、抵抗のための手は縋るものに変わる。

なんだ、これは。こんなキス、知らない。

今、自分を翻弄《ほんろう》している男は、いったい誰なのだ。

和久は混乱した。

「ん……んんっ」

逞しい腿《もも》で下腹部を撫でられる。

和久の背筋がビクンと仰け反った。

——いやだ……やめ……！

感じきったところで、笑いながら義行がキスを解いていく。

淫らな水音を立てて離れた唇が、面白そうに指摘した。

「勃ってるな」

囁かれ、和久の頬が羞恥《しゅうち》に真っ赤に染まる。

「なっ……！」

しかし、義行の暴言はそれだけではなかった。さらにとんでもないことを、和久に言ってくる。

「キスで勃っているところを、こいつらにも見てもらえ」

信じられない。

「やめ……っ」

和久は叫ぶが、逃がしてもらえない。義行の強い力が抵抗を封じた。

身体をひっくり返され、取り巻きたちに見せつけるように、スラックスの前を寛げられる。

「すげ……」

「……マジかよ」

プルンと勢いよく飛び出た性器に、彼らが生唾《なまつば》を呑む音が生々しく聞こえた。

嬲《なぶ》るつもりの男に嬲られて、こんなことになるなんて——。

耐えきれない羞恥に襲われ、和久は顔を背けた。

義行が嘲笑う。

「なんだ、こいつらにはもう何度も裸を見せているのだろう？　セックスもしている仲なのに、なにを恥ずかしがっている」

「……黙れ」

「わたしに感じさせられるのが恥ずかしいのか？　可愛い奴だ」

「うるさい、黙れ……あ！」

これ以上辱められるのがたまらなくて、和久は怒鳴った。

しかし、花芯を握られ、動揺が走る。まさか、ここでイかされるのか。そんなことまで、この男はするつもりなのか。

「や……やめろ……」

けれど、義行がゆっくりと、和久の性器を扱き始める。さらに、耳朶にねっとりと囁いてきた。

「最後の土産《みやげ》だ。こいつらに、おまえのイくところを見せてやれ。これを最後に、おまえの恥ずかしい姿を見ることは二度とないのだから」

「やっ……やめ……あぁっ」

義行の腕の中、和久は仰け反った。嘘《うそ》だ。こんなこと、嘘だ。

自分が玩《もてあそ》ぶはずではなかったのか。この男を嘲って、みなで笑いものにするのではなかったのか。

それがどうして、こんなことになる。

「いや、だ……やめ……やめ、ろ……あ、あぁ……ぁ、んっ」

感じたくない。こんな状況で、義行にイかされたくない。

しかし、そう思えば思うほど、ゆったりと扱く義行の手に感じてしまう。

ゴクリ、と誰かが唾を飲むのが聞こえた。薄く目を開けると、取り巻きたちが魅入られたように、義行に抱かれて性器を扱かれている和久を凝視している。

カァァッ、と和久の熱が瞬時に上がった。

「み……見るな……見るなってば……やだぁっ！」

手淫に震えている性器が、さらにクッと反り返った。

先端の蜜穴をこじ開けるように、義行が強くそこを指先で抉ってきた。

いやだ、イく。イッてしまう。皆に見られながら、義行の手でイかされてしまう。

「ぁ……ぃ、やだ……やめ……ああ、んっ」

しかし、ペニスを勢いよく扱かれる。そそるように。蜜を絞り出すように。

「ほら、フィニッシュだ」

「あぁ………ぁ……ゃだ、いやだぁぁぁぁ――……っっ！」

ガクンと腰が突き上がる。下肢が蕩け、耳がキンとした。

和久は男たちに見つめられる中、性器から蜜を噴き上げた。最後まで出させようと、搾るように扱かれながら、二度、三度と蜜を溢れさせる。

そして、くずおれた。頭は呆然としていた。イッてしまったのだ。義行の手で、皆に見られながら。

――なんで……こんなこと……。

翻弄するのは和久で、嘲笑されるのは義行ではなかったのか。それがどうして、こんなことになってしまったのだ。

力の抜けた身体は、義行にしっかりと支えられている。そうしながら、器用に下肢をハンカチで拭かれ、前を整えられた。

「――さて、これでショーはおしまいだ。この部屋の宿泊費は支払っておくから、あとは君たちで好きに楽しむといい」

そう言うと、呆然としている和久を、義行が抱き上げる。

ハッとしたように、取り巻きの一人が声を上げた。

「あ、あんたは和久をどうするつもりだ」

「和久？」

義行が片眉を上げた。瞳に冷たさが増し、見下ろされた男が青褪《あおざ》める。和久が見たことのない威圧感が、そこにはあった。

「す……すみません。以後、気をつけます」

男がギクシャクと床に視線を落とす。

その返事に、義行がわずかに唇の端を笑みの形に変えた。

「それがいい。ものわかりのいい子は嫌いじゃないよ。では」

軽く頷いて、義行が男たちに背を向ける。

抱き上げられたまま、和久は震えていた。この男は誰なのだ。自分が知っていた義行は、いったいどこに行った。

愕然《がくぜん》としている和久を、義行は悠々と運び出した。

§第四章

「お、下ろせよ！」

廊下に出て、和久はハッとして義行に怒鳴った。

義行はクスリと笑って、要求どおりに和久を床に下ろしてくれる。しかし、手首はしっかりと摑まれていた。

「さて、帰るぞ」

「か、帰るって、どこに」

あんなことをしておいて、和久を素直に自宅マンションに送ってくれるのだろうか。

しかし、そんな都合のいい期待は、簡単に打ち砕かれる。

義行が面白そうに眉を上げて、和久を見下ろしてきた。

「わたしのマンションに決まっているだろう。躾《しつけ》の悪い子は、ちゃんと調教してやらなくてはいけないからな」

「ちょっ……調教って⁉」

歩き出した義行に慌ててついていきながら、和久は声を上げた。躾の悪いとか、調教とか、義行の言っている意味を頭が拒否する。

見るからに混乱した和久に、義行がクックッと笑う。

「調教は調教だ。君には、きちんと叱《しか》ってやる飼い主が必要だ」

「飼い主って……あんた、なに言ってるんだよ」

豹変した義行が信じられない。義行は甘い恋人で、和久の手管に夢中になっていたのではないか？

それがどうして、こんな不遜な男になる。

和久の手を引いたまま、義行はエレベーターのボタンを押す。待ちながら、口を開いた。

「ここまで言ってもまだわからないか？　おまえがわたしを陥れようとしていたように、わたしもおまえを最初から狙っていたんだ」

そう言って、和久の頬をソロリと撫でて、ニヤリと笑う。

「わたしを誑し込もうと、可愛らしい振りをしたおまえはなかなか楽しかった。セックスもまあまあだったしな。だが、今度はわたしが、おまえに本当のセックスを教えてやろう。おまえはきっと気に入るはずだ」

「なんだよ……今までの俺のやり方じゃあ、本物じゃないとでも言いたいのかよ。馬鹿にしやがって……！」

和久はカッとなる。

しおらしい振りを見破られていたことにも腹が立った。和久が芝居をしているとわかっていながら、それを観賞して楽しんでいたのか、この男は。

和久は、手首を摑んだ義行を振り解こうとした。

「放せよ！　好きなだけ俺を馬鹿にして……なにが飼い主だ。なにが本当のセックスだ！」

「おいおい、こんな場所で大声を出すな。まったくガキだな、おまえは」

余裕で和久の手首を摑んだまま、義行が肩を竦める。やってきたエレベーターに乗り込んだ。

「放せってば！　おまえなんかと、なんで一緒に行くかよ、くそっ」

「まったく、噂どおりのじゃじゃ馬だな。大人しくなるように、ここを弄ってやろう」

低く笑いながらそう言うと、義行がいきなり、和久の股間を掌で覆ってくる。

「ちょっ……！　やめろ、こんなところで……ぁ」

問答無用で揉み込まれ、和久の腰にジンとした痺れが走った。

さっきイかされたばかりの股間だ。まだ熱は残っていて、スラックスの上から撫でられるだけで簡単に火がつけられてしまう。

どうして、こんな奴に。

和久は悔しい眼差しで、横から股間を揉みしだいてくる義行を睨んだ。

義行は余裕だ。

「やはりここを弄られるのは好きか。気持ちがよさそうに熱くなっているものな。好き者め」

「ちがっ……あ」

反論しようとしたところを、また柔らかく揉まれて、和久から力が抜ける。

――こんな奴……こんな奴の手で……ちくしょっ……。

罵声を浴びせたいが、口を開いたら、あらぬ声が出てしまいそうだ。

と、エレベーターの動きが鈍くなり、止まった。

見られる。

和久の身体が硬直した。義行がソロリと、和久の股間をひと撫でし、離れた。

それとほとんど同時に、エレベーターの扉が開いた。

股間を熱くしている和久は、やさしく義行に抱き寄せられた。

「大丈夫か？　もうすぐだからな」

具合が悪いのを気遣うようにかけられた言葉に乗って、和久もとっさにいかにも辛そうな顔で、義行の肩に額を押しつける。

乗り込んできた女性も、そんな和久を心配そうに、チラリと見やった。

――くそっ……よくもこんなこと……！

和久の心は怒りでいっぱいだ。寸前でやめてくれたからよかったものの、義行からの淫靡《いんび》な愛撫で股間はすっかり硬くなり、こうして庇《かば》ってくれていなければ、スラックスの前を押し上げているのが女性にもばれてしまいかねない。

それが狙いだったのか。

和久は歯噛みした。おかげで、もう義行から逃げられない。

途中のロビー階で女性が降りて、義行は和久を地下駐車場に連れていく。

よろめくようにエレベーターを降りて、和久は義行の車に運ばれた。

「さあ、乗れ。マンションに着いたら、きっちり躾けてやる」

強引に、助手席に乗せられる。しかも、座ったところで、義行がいきなり和久の股間にまた手を伸ばしてきて、スラックスのジッパーを下ろされた。

「ちょっ……なにをする！」

「楽にしてやるだけだ」

そう言うと、拒む和久の手をあっさりと払いのけて、スラックスから性器を引き出してしまう。

「やめろ……ああ、っ」

その上、二、三度軽く扱いてきた。

そうして和久をどうしようもない状態にしてから、助手席のドアが閉められた。悠然と、運転席側に回ってくる。

和久は悔しそうに、義行を睨んだ。これでは、義行が運転席に回る隙《すき》に逃げ出したくても、逃げ出せない。座るまでの間に、なんとか硬い性器をスラックスの中にしまうのがせいぜいだ。

「なんだ、また中に入れてしまったのか？　きついだろうに……やはり和久はMなんだな」

「Mって……なに言ってるんだよ、あんた！」

言うにことかいてMだなんて、自分がマゾだなんて、どうかしている。

しかし、エンジンをかけながら、義行は涼しい顔だ。

「Mだろう。さっきも無理矢理イかされて、いつもより反応が早かったじゃないか。おまえはお仕置きされるのが好きな、Mなんだよ。見込んだとおり、わたしたちの相性はよさそうだ」

義行が車を発進させる。和久はそれを、信じられない思いで見つめていた。

Mだの、見込んだとおりだの、この男はいったいいつから、どういう目で自分を見ていたのだ。

「あんた……あのパーティーが初対面じゃないだろ」

「もちろん。君は有名だったからな。友人の弟でもあるし？」

和久はハッとなる。友人――そうだ、この男は兄・淳一の友人なのだ。そこを突けば、こんな馬鹿なことはやめてくれるかもしれない。

「に、兄さんに知られたら、絶対許さないぞ。俺に手を出すなんて……。なにがおかしい？」

ハンドルを握りながら笑い出した義行に、和久は眉をひそめた。どうして、ここで笑い出すのか理解できない。

前方を見つめて運転しながら、義行が口を開く。その口調は楽しげだった。

「おまえ、それほどわたしが愚かだと思っているのか？　見くびられたものだな」

「愚かって……じゃあ、おまえは愚かじゃないって言いたいのかよ。こんな……こんなことしておいて」

和久の声が震えた。だが、和久だって、馬鹿ではない。なぜ、彼が余裕綽々《しゃくしゃく》なのか。なぜ、兄に言うという言葉が脅しにならないのか。

義行が愚かでないというのなら、理由はひとつしか思い浮かばなかった。

つまり、義行が和久にこんな横暴を働いてくるのは、それは――。

赤信号で停車した義行が、気の毒そうな目で和久を見た。

「淳一の妻の妹に手を出したのは、まずかったな。いくらなんでも、もう大目には見られないそうだ。わたしになんとかしてくれと泣きつかれたよ」

「泣きつかれたって……やっぱり、あんたがこんな男だって、兄さんは知ってたってこと……？」

呆然と、和久は呟く。承知の上で、兄は弟を義行に預けたのか。こんな男だと承知して。

頭がガンガンしてきた。自分が迷惑をかけてきたことはわかっている。だが、いつだって家族はそれを許してくれたではないか。それなのに――。

義行はまた車を走らせながら、頷いた。

「当然。おまえは、自分の兄をどんな人間だと思っている。真面目なだけでは、あれだけの商社の中で、父親のバックアップもなしに実権を握るなんて、無理だ。あいつは、わたしの性向を充分承知の上で、おまえをわたしに託したんだ」

「そんな……兄さんは、俺があんたみたいな変態の餌食《えじき》になってもいいと……」

信じられない。

家族は、いつでも和久に甘かった。それはある負い目のためであったが、それがこんな風に掌を返されるなんて、思ってもみなかった。

いつか、見捨てられることがあるなんて――。

「自分たちではおまえを躾けられないから、代わりにわたしに躾けてくれ、だそうだ。もちろん、わたしは以前からおまえのことを美味しそうだと思っていたから、渡りに船だったがな」

ふふふと含み笑いながら、義行は片手を伸ばして、和久の頬を撫でてくる。

「それに、淳一はなかなか見る目がある。おまえにはわたしのような男が必要だと、ちゃんとわかっている」

そんな馬鹿な。

和久はカッとなった。

「必要なわけないじゃないか！　俺は……遊びが好きなだけで、特定の恋人が欲しいわけじゃない」

反論した和久に、義行が眉を上げる。

「そうか？　わたしにはおまえが、いつでも誰かに叱ってほしそうに見えるがな。甘やかされるのが寂しかったか？　本当は、淳一たちに叱ってほしかったんだろうが」

「そんなこと……！」

和久は声を上げた。自分はそんなことなど考えていない。それではまるで、子供だ。

和久はもう二十六歳だ。別に今さら、家族に叱ってほしくて遊んでいたわけではない。セックスが好きだから、好きな相手と楽しんでいただけだ。

憮然《ぶぜん》として、和久はそう反論する。

しかし、義行はそれを鼻で笑い飛ばす。

「まあ、いずれにしろ、おまえが歪んだ育ちで、わたしにはちょうどよかった。わたしは、おまえのようなじゃじゃ馬が好きなんだ。前から、自分好みに調教してやりたかった。これからたっぷり、躾けてやる。楽しみにしてろよ、和久」

「冗談だろ……。俺は、調教なんて好きじゃない」

「言ってろ。そのうち、よさがわかる」

車は、義行のマンションの地下駐車場に滑り込んでいった。


けして逃がさない力で、無理矢理部屋まで連れていかれる。

「放せよっ！」

何度訴えても無駄だった。靴を脱ぐ隙も与えられず、和久は浴室に突き飛ばされる。起き上がろうとしたその頭の上から、シャワーを浴びせかけられた。

「ちょっ……冷たっ……やめろよっ。濡れる！」

見る見るうちに、和久の全身がシャワーの冷水で濡れそぼる。靴まで台無しにされて、ようやく止められた。

「さっさと服を脱いで、身体を洗え。他の男の臭いを消したら、寝室に来い」

「勝手なことを言うな！　誰が寝室になんて……。着替える。どけ！」

和久は立ち上がり、義行を押しのけて、着替えを取りに行こうとした。まだ甘かった時に用意してくれたスーツや下着の類が、この家にはあるはずだった。

しかし、義行に腕を取られる。

「馬鹿だな。まだここにおまえの服が置いてあると思っているのか？　ホテルに呼ばれた時から、おまえの魂胆は見え透いていた。以前買った服などとっくに処分した。――濡れたままの服でいるか、脱ぐか。おまえに選べるのはこの二つのどちらかだけだ。風邪を引きたいなら、濡れたままでいればいい。ただし、そんな理由で風邪を引いた奴に、医者など呼ばないがな」

「あんた……」

和久は言葉を失くす。

これが本当の義行だったのか。甘い仮面の下に、こんなひどい男が隠れていたなんて、和久は思ってもいなかった。

「……本気か？　もし、俺が意地を張って身体を壊して、会社を休むことになったら、兄さんたちが許さないだろ」

いくらなんでも、仕事に支障をきたすような調教を、兄がこの男にやらせるはずがない。

和久はそう期待して、義行を脅す。

しかし、和久が考えているよりもずっとひどく、家族は怒っていると思い知らされる。

「許すさ。そんなことよりも、おまえのプライベートを立て直すほうが優先だ」

「立て直すって……こんなやり方、おかしいだろう！」

怒鳴った和久に、義行が肩を竦める。

「おかしいかどうかは結果しだいだ。もちろん、わたしは淳一たちが満足する結果を出す自信があるが？　——さあ、身体が冷えてきただろう。さっさと服を脱いで、身体を温めたらどうだ。熱を出しても、わたしは放っておくぞ」

「ち……くしょ……」

和久は唇を噛みしめた。浴びせられたのは冷水で、濡れた衣服の感触に鳥肌が立っている。義行が言うとおり、早くこの服を脱いで身体を温めなければ、本当に風邪を引いてしまう。

——こんな男の術中に嵌まるなんて……。

悔しくて悔しくて、和久は意地を張り通したい気分に襲われる。意地を張って本当に熱を出したら、いくらなんでも実際には医者を呼んでくれるはずだ。

だが、と理性が止める。さっきのホテルからここまで、義行はガラリと態度を変えていた。従順でやさしい恋人から、傲慢で容赦《ようしゃ》ない支配者へ。

意地を張り通すのは得策とは思えなかった。今の義行なら、もしかしたら本当に、医者を呼ばずに放置するかもしれない。

和久は震える拳を握って、義行を睨んだ。

「……出てけよ！　早く！」

仕方がない。

だが、シャワーは浴びるが、裸身を義行に見せる気にはならない。

それ以上、和久を追いつめる気はないのか、義行はかすかに笑って、浴室から去る。

和久は靴を、衣服を、乱暴に剝ぎ取り、浴室の隅に放り投げた。熱いシャワーを、身体にかける。

「くそっ……なんでこんなことに！」

冷水を浴びた衝撃で、さっきまで中途半端に熱くなっていた股間が鎮《しず》まっている。それだけが唯一の救いだった。

だが、言われたとおり寝室に行けば、調教と称して、義行に好きなように身体をまさぐられ、抱かれるだろう。

――いやだ……。

和久は浴室の壁を殴った。どうして、自分がこんな目に遭《あ》わなくてはならない。

兄嫁の妹に手を出したことが悪かったのはわかっている。だが、それなら今までのように口で苦情を言えばいいではないか。

なにもこんな変態野郎に弟を差し出さなくても、と和久は義行にこんなことを許した淳一を罵《ののし》った。

屈辱的だが、もう二度と家族に迷惑をかけるような遊び方はしないと土下座してでも誓ったら、義行はこんなことをやめてくれるだろうか。

　調教なんて、やはり異常だ。和久がどうしてもいやだと頼めば、義行だって無理強いはできないはず。ＳとかＭとか、そういう特殊な趣味はあくまでも同好の者同士でやることだ。

　心を奮い立たせ、和久は浴室を出た。脱衣所にはバスローブだけが用意されていて、それを着て、寝室に向かう。

　入ると、義行が歩み寄ってきて、軽く抱き寄せられた。

「よし。言いつけどおり、綺麗に洗ったな」

　匂いを嗅《か》いで確認され、そのまま、ベッドに倒されそうになる。

　和久は足を踏ん張り、義行を止めた。

「待てよ。調教なんていやだ。もう二度とあんなことはしないから、兄さんにも誓うから、俺を帰らせてくれ。頼むから」

　屈辱をこらえて、和久は義行に頭を下げる。和久にしてみれば最大の譲歩だった。

　しかし、義行が呆れたため息をつく。

「そういう殊勝な態度は、もっと前にしておくんだったな。もっとも、本心ではないだろう？　――反抗的な目だ」

　クイ、と顎を取られて上向かせられ、目を覗き込まれる。

　和久は怒りに頬を紅潮させた。

「本心だよっ。あんたに調教されるなんて冗談じゃないから、本当に二度と兄さんたちを怒らせる相手とは遊ばない。誓う！」

「だから、そういう誓いは遅いと言っただろう。おまえはもう、わたしのものなんだよ」

バスローブの帯を解かれる。無造作に肩から滑り落とされて、和久は全裸にされた。

「いやだっ！　……あっ」

ベッドに突き飛ばされた。逃げなくては。

和久は這って、義行から離れようとする。

それを見下ろしながら、義行が悠々とネクタイを弛《ゆる》めた。

「縛るぞ、和久」

笑みを含んだ口調。しかし、拒むことを許さない命令が、その中に混ざっている。冷酷さも。

和久はビクリと強張った。恐怖が、背筋を這い上がってくる。背後にいる義行から逃げなくてはいけないのに、身体が動かない。

こんな奴にどうして！

けれど、義行の言葉に含まれたなにかが、和久を凍りつかせる。

ギシリとベッドが軋み、片膝だけ乗り上げた義行に尻を撫でられた。

「そうだ。そうやっていい子にしていれば、縛ったりはしない。わたしとのセックスは好きだろう、和久。いつもここで、美味しそうにわたしを咥えてきた」

「……んぅ」

尻を撫でていた掌が狭間に入り、長い人差し指がゆっくりと、蕾を辿った。

ヒクン、と後孔の襞が引き攣《つ》る。繊細な襞をくすぐるように弄る指先に、和久の肉奥がジンとした。

——なんで……。

本性がわかった今、こんな男に感じるなんてあり得ないのに、ただ花襞を撫でられているだけで身体が震える。指を咥えたいと、襞が疼く。

背後で、義行がクックッと笑うのが聞こえた。

「おまえは身体のほうが正直だな。その正直さに免じて、一度挿れてやろう」

指が離れ、衣擦れの音が和久の耳朶を打つ。義行が衣服を脱いでいるのだ。

——逃げろ。

凍りついた身体に、和久は命令した。絶好の機会だった。

だが、と理性が逡巡《しゅんじゅん》する。裸のままで、どこに逃げるというのだ。

和久の服はすべて処分されていた。着てきたものは、冷水を浴びせられダメになっている。

——どうしたら……。

逡巡するうちに、義行の準備が終わってしまう。再びベッドが軋《きし》み、四つん這いのまま凍りついていた和久の腰に、義行の腕が回ってきた。もう片方の手は、唇を辿ってくる。

「いい子だったな。舐めろ」

唇をこじ開けられ、指を咥えさせられた。

和久は拒否したかった。けれど、後孔に熱い雄を押し当てられ、舌が蕩けて指に絡みついてしまう。

チュ、ペチャ、と和久は赤ん坊のように指に吸いつき、舐め始めた。

自分はなにをしている。こんなこと拒めばいいのに――。

たっぷりと唾液をまとうと、指を引き抜かれた。その指が和久の後孔をくすぐり、続いてグチュリ、と中に入っていく。

「ん……ぁ、あ」

愛撫はほとんどされていない。以前のようなしつこいほどのキスも、乳首や性器への執着も、まったくなかった。

ただ必要な場所だけを弄られている。

それなのに、そんな自分勝手な愛撫に、和久はかつてなく身体を過敏にさせていた。

後ろから覆いかぶさるように、義行が耳朶に囁いてくる。

「さすがに遊んでいるだけはある。後ろだけでまた前が反応してきた、ふふふ」

「ぁ……ち……がう……んぅ」

こんなのはおかしい。義行に抱かれるなんていやだ。

和久は必死で、首を左右に振った。しかし、指を咥え込んだ後孔は縋るように義行のそれを食いしめ、それで感じた前が硬くなっていく。

違う。こんなのは違う。

和久は何度も首を横に振った。

そんな和久を、義行が嘲笑う。指が二本に増やされた。

「あ、あぁ……」

揃えた二本の指をゆっくりと肉襞を抉るように挿入され、和久は背筋を仰け反らせる。

四つん這いで尻だけ弄られ、それなのに、どうしてこんなにイイのだ。

逃げなくては。

本能的に、今ここで言いなりになってはまずいと、和久は残った理性をかき集めて、義行から逃れようとした。

「いや……だ……！」

だが、足を一歩前に進ませただけで、尻を強く叩かれた。

「……あうっ！」

「やれやれ、そんなに痛くしてほしいのか。まったくおまえは真正のMだな」

そう言うと、義行が指を引き抜く。アッと思う間もなく身体をひっくり返され、足を胸まで押し広げられた。

「……っ」

和久は息を呑む。猛々《たけだけ》しく勃起した義行の雄が、和久のまだ充分に解れていない後孔に狙いを定めてきたからだ。

　まさか、痛いほうがいいというのは……。

「やっ……あぁぁぁぁ――……っ！」

逃げる間もなく容赦なく、後孔に欲望を突き刺された。和久は悲鳴を上げて、仰け反った。

痛い。熱い。大きい。

張った怒張が我が物顔に、和久の肉奥を犯《おか》していく。

和久は両目を見開き、ガクガクと震えながら、身体を開かれていった。目尻から、無意識の涙が流れ落ちる。

　信じられない。まさか、こんなひどい抱き方をされるなんて。

「ぁ……ぁ……ぁ……ぁ……」

痛みにひくつく身体を、義行が容赦なく貫いていった。柔襞を押し広げ、強制的に雄を咥えさせていく。

「ぁ……ぁあ」

「ん……全部入ったぞ、和久」

最後にズンと突き上げられ、義行の満足そうな吐息が頬にかかる。

和久は啜《すす》り泣いた。

「い……たい……」

訴えると、義行に含み笑いされた。

「本当に？　おまえが感じているのは痛みだけか、和久」

囁きながら、義行が和久の性器を握ってくる。

「……んっ」

和久の眉根が切なげにひそめられた。

あり得ないことに、握られたそこは、痛いという衝撃に反して勃ち上がっていた。硬くしなり、反り返っている。

「な……ん、で……あ、あぁ」

涙を流して、和久は呻いた。

義行が和久の性器を握りながら、ゆったりと扱いてくる。

「痛くても平気なはずだ。悪いことをしたら、お仕置きをされるのは当たり前だろう。それがわかっているから感じているんだ、おまえは」

お仕置き？　悪いことをした？

意味がわからない。義行に対して悪いことなどしていない。お仕置きをされる理由などない。

括れの部分をくすぐるように扱かれながら、和久の頭は混乱する。甘い、じんわりとした快感が這い上がってきた。

——いやだ……これ……。

感じたくない。こんな乱暴なセックスで感じるなんて、嘘だ。

しかし、引き攣っていた和久の中が、しだいに義行の雄に馴染んでいく。クチュと小さな音を立てて絡みつく。

――いや……だ……こんなの……。

嬲られる性器、貫かれたままの後孔に、和久の意識が霞み出す。

そうしてようやく、後ろを貫いた義行の雄が動き始めた。味わうように、じんわりと。

「や……め……」

襞を――特に、奥のほうの襞をペニスの先端で抉《えぐ》るように擦り上げられるのがたまらない。

感じる部分をことさら丁寧に突き上げられて、和久は泣いて拒んだ。

義行がクックと笑う。

「やめていいのか？　感じているくせに」

「違う……あ、こんなの……あ、んぅ」

いやだと言ったのを罰するように、続いて乳首に唇が落ちてくる。

性器を扱かれ、後ろを貫かれながら、和久は義行に胸を吸われた。チュッとキスされ、舌先で転がされる。

「あ、あ、あ……やめ……」

頭の芯がジンジンする。薄い膜がかかったように、快楽の海に漂わされる。

こんなのはおかしい。こんなことは間違っている。

そう訴える声が聞こえるのに、和久は義行の手管に翻弄される。

両の乳首を代わる代わる舐《ねぶ》られながら、突き入れられたモノを回される。中がグジグジと膿《う》んで、抉ってくる雄芯に絡みついていく。

「あ……あ……あ……あ……っ」

気がつくと、和久は間断なく、義行からの責めに声を洩らしていた。

乳首を軽く吸った義行の唇が離れる。それが、耳朶に移動した。

「そろそろ、中に出してやる。好きだろう、和久」

「ん、ダメ……こんな……こんなやり方で……あぁ、っ」

イきたくない。こんなやり方でイきたくない。

けれど、ずり上がるほど強く最奥を突かれ、和久は嬌声《きょうせい》を張り上げた。

何度も、何度も、力強く体内を抉られる。

「いや……いや……やっ……！」

奥をグリと抉られ、戦慄く中を男根が引いていき、収縮するとそれを押し開くようにまた突き上げられる。

義行が腰を突き入れるごとに、その逞しい腹部で性器が擦り上げられる。

和久は仰け反り、痙攣《けいれん》するように震えた。

イきたくない。気持ちよくなんてなりたくない。けれど――。

「……………ひぅ、っ」

身体の深い部分で、義行の雄がドクリと膨張した。

「いやだ……やめろ、イくな……やだ……いやだぁぁぁ……っっ!」

義行が中で弾ける。和久は絶叫した。

なぜなら、中に出された熱さで、自身の前も跳ねたからだ。跳ねて、蜜が迸る。

「やっ……やだ……やぁ――……っ」

啜り泣きながら、和久は義行に見つめられる中、間欠泉のように蜜を解き放った。根元まで挿入った怒張をヒクヒクと食い締め、全身を戦慄かせる。

吐きだした蜜は、顎にまで飛び散っていた。信じられないような絶頂だった。

――こんな……こんなこと……。

抱かれることは嫌いではなかった。充分に楽しんだし、甘く喘いでやるのも面白かった。けれど、今のこれは違う。楽しむどころか、全身のすべてが蕩かされ、悦楽に浸されて、翻弄された。感じさせられた。

腰の動きが止まってからも、啜り泣きが止まらない。

感じたくなかった。こんな風になりたくなかった。義行に抱かれたくなかったのに、どうしてこうなるのだ。

こんな男に抱かれてこれほどトロトロになってしまうなんて。

泣き濡れる頬を、義行に撫でられる。

「可愛いな、和久。気持ちよすぎて、泣けてしまったか、ん？」

「ちが……あんたが……あんたが、変なことするから……変な抱き方……ぁ」

訴えようとした和久の言葉が途切れる。達したばかりの性器を、義行にまた握られたからだ。

「やめ……」

まだ続けるのか。こんなこと、またされたら、自分で自分がわからなくなる。

もちろん、義行の調教はまだ始まったばかりだった。

休憩を与えない愛撫に、和久は惑乱した声を上げる。

「やだ……やだ……変……こんなの……おかしい……あぁ」

「無理矢理勃たされると、いいだろう。射精する快感のさらに先を感じられる心地がするはずだ。いいから、気持ちよくなっておけ」

「あ……あ……あ……っ」

和久は再び、完全に勃起させられる。同時に、中で義行が動き始めた。

「さて、わたしもおまえに気持ちよく勃たせてもらおうか」

「やぁぁっ……っ」

達して、少しだけ体積を減らした男根が、和久の肉筒を使って高められていく。擦り上げ、奥を突くごとに、義行の怒張はどんどん成長していった。

異様な悦楽が、和久を襲った。勝手に使われる中から、直接性感を刺激する外から、一度達して過敏になった身体から、容赦なく熱を引き出されていく。

快楽地獄を味わわされるのか。

いいや、そうではない。これはセックスではなく、調教だった。それを、和久はすぐに思い知らされる。

喘ぎながら、和久の耳に義行がベッドサイドの引き出しを開ける音が聞こえた。なにかを取り出し、また引き出しが閉められる。

そうして、いきなり怒張が引き抜かれた。

「あぁ……っ」

濡れた声を上げる身体をひっくり返された。腰を高く掲げさせられると、和久は背後からひと息にまた貫かれる。

「……あぅっ」

そのまま抱き起こされた。

「やっ……ぁ、深……い、あぁ……」

座った義行の上で串刺しにされる格好に、和久の脳髄《のうずい》は蕩けた。深くて、逞しくて、気持ちがいい。

身体の中が雄でいっぱいになり、熱くて、ジンジンする。

中空を見上げる目が、トロンと蕩けた。

けれど、乳首に冷えた感触がして、わずかに正気が戻る。

「な……に……」

「消毒だ」

義行の落ち着いた声に、なぜか和久はブルリと震えた。なぜ、乳首を消毒する必要がある。

そんな心の問いが聞こえたかのように、義行が答えた。

「怪我《けが》をしたくなかったら、いい子でわたしにもたれていろ。調教の第一歩だ。わたしの印をおまえにつけてやる」

そう言うと、義行が腕を伸ばして、先ほど取り出したものを摘まみ取る。

近づいて、和久は息を呑んだ。義行が手にしているのは針だった。

「……っっ！」

「乳首になら、ピアスの穴を空けても仕事の邪魔にはならないだろう」

「ピ、ピアスって……やめ……っ」

針が乳首へと向かい、和久は叫ぶ。無理だ。あんなところに針なんて、絶対に耐えられない。

しかし、逃げようとしても身体は義行の怒張で串刺しにされていて、逃げられない。

逃げかけたことを罰するように、強く突き上げられた。

「ひぅ……っ！」

「動くなと言っただろう。これは必要な処置だ、和久。おまえの口はいくらでも嘘をつけるから、身体に印を残しておくんだよ。これで、おまえはいやでも、自分が誰のものなのか忘れられない。おまえの主人は誰だ、和久」

ツンと、針先で乳首を突かれる。

怖い。本気で義行はやるつもりなのか。

「し……しないで……頼むから、乳首にピアスなんて……あぅっ」

「言いなさい。おまえの主人は？」

ツプ、と針の先が乳首に沈む。その衝撃に、和久の身体は縫いとめられたように硬直した。

「や……やめ……」

怯《おび》えきった和久に、義行がこれ見よがしなため息をつく。呆れと、笑いを含んだため息だった。

「まったく。だから、わかるだろう？　答えられないおまえには、これが必要なんだと」

「やっ……あぁっっ……っっ！」

言葉と同時にひと息に針を突き刺され、和久から悲鳴が上がった。ガツンと、頭を殴られたような衝撃が、神経を襲う。

あり得なかった。乳首に針を刺されるなんて、和久の人生であり得ない蛮行だった。

しかも、背後の男は笑っている。

「いいぞ。今のでおまえの中が締まって、まだわたしに絡みついている。そんなに痛くて、気持ちよかったか?」

「違う……やだ……やめ……あぁ」

まだ乳首に針が通ったままだ。その状態で、軽く腰を摑まれて揺さぶられる。

乳首を突き刺されたまま、中に入った怒張に柔襞を捏《こ》ねられた。とたんに、ジンとした快感が全身に広がる。そして、ドクドクと痛みを訴えている乳首からも、なぜか同種の快感が満ちていく。

痛い。気持ちがいい。痛い。気持ちがいい。

どちらの感覚が本物なのか、和久はわからなくなる。

「あ……あ、ん……やめ、義行さ……っ」

和久は哀願した。しかし、義行はさらなる責め苦を和久に与えてくる。

花蕾を抉られながら、乳首を貫通した針を回された。穴を広げるようにクルクルと、針が回る。

充分に拡張してから、針を引き抜かれた。続いて、最初のピアスが嵌められる。金でできて、下が半円状になり、そこに小さなルビーがぶら下がっていた。

その半円に指をひっかけて、義行が和久にルビーを見せる。

「おまえの血の色だ。ほら……」

と、続いて、消毒液を含ませたガーゼで乳首を拭われ、ついたわずかな血を義行に見せられる。

気が遠くなりそうだった。乳首に穴を空けられて、ピアスを通されて。

しかも、まだ感覚は終わっていない。ジンジンする乳首を玩ばれながら、下から後孔を突き上げら

れた。何度も、何度も。

「やだ……いやだ、あぁ……あぁ……っ！」

痛みと快感の中、和久は二度目の絶頂に導かれる。啜り泣きながら蜜を吐き出し、中で義行の白濁を受け止めさせられる。

背後から抱きしめられたまま、和久は涙が止まらなかった。

淳一は本当にわかっているのだろうか。自分の友人が弟になにをしているのか。知った上で、許したのだろうか。

「ひどい……こんなこと……」

「これだけ感じたくせに、まだ言うか。――まあいい。今日は土曜日だ。月曜まではまだたっぷり時間がある。新しい立場を、おまえの身体に教え込んでやる」

悲痛な呻きが、和久から洩れる。

また乳首のピアスを引っ張られ、和久は苦痛に眉をひそめた。けれど、痛みに花襞が収縮し、そのことで得も言われぬ快感も得る。後孔にまだ入っている男根を食いしめると、気が遠くなるような疼きに喘ぎが零れた。

それから繰り返し、和久は義行に蹂躙《じゅうりん》された。

§第五章

「う……ん、っ」

上半身を裸にされ、乳首を綿棒で突かれる。愛撫ではない。

綿棒には消毒液が染み込んでいて、乳首に空けられたピアス穴を殺菌しているのだ。

朝、晩、それに日中にも何度か、その処理をしなくてはならなかった。それから、穴に通したピアスを回すことも。

特に、朝と晩は義行がすることになっている。

「どんどん感じやすくなっているな。いいことだ」

含み笑いながら、義行がまた消毒液を綿棒に吹きかけて、乳首を突く。

ピアス穴を空けられて以来、ただでさえ敏感だった乳首が、ほとんど過敏といっていいほど感じやすくなっていた。

綿棒に突かれて感じるばかりでなく、消毒スプレーを直接吹かれるだけの刺激にも、和久は身体の芯を疼かせるようになっていた。

男の乳首なのに、感じすぎた。

しかも、義行はそれを充分わかって、わざとやさしく綿棒で突いてくる。

たまらなかった。やさしい触れ方が、和久をよけいに疼かせる。

「……んっ」

和久は懸命に声を呑み込んだ。乳首からの刺激はダイレクトに下腹部を熱くして、屈辱感でいっぱいになる。この男の目論みのままに感じてしまうのが悔しかった。

けれど、もう片方の手でいきなり熱くなった股間を覆われ、思わず声を上げる。

「あっ……んん」

まずいと、すぐに唇を嚙みしめたが、上がったひと声を義行はしっかり聞いている。クスクスと笑われた。

「いいんだぞ、声を出しても。しかし、消毒だけでいつもここをこんな風にしているなら、会社ではどうしているんだ、和久」

「おまえに……言う必要はないだろう！　あっ……あぁ、っ」

反抗したのを罰するように、下腹部を覆った掌で勃ちかけた欲望を揉みしだかれる。

とたんに脳髄まで突き刺すような快感に襲われて、和久は昂った喘ぎを洩らした。

あの日以来、和久は義行のマンションで暮らすことを強いられている。

一晩中喘がされ、翌日の夕方まで気を失っていた和久が目を開けると、自分のマンションから持ち物が運び込まれていた。

義行は淳一にも、和久と同居することを告げていた。

兄から和久への連絡はない。つまり、義行のすることに兄も賛成しているのだ。

自分は見捨てられた。

いや、あれだけ家族を怒らせたのだから、見捨てられても当然か。自堕落な私生活をずっと大目に見てもらって、自分はやりすぎた。

だが、その代償がこれなんて、ひどすぎる。

顔を背ける和久から、義行がスラックスを剝ぎ取っていく。下着も。

全裸の股間で、花芯が恥ずかしいことになっているのを晒される。それを、しっとりとした手つきで握られた。

「会社でも自慰をしなかったのか？　朝も我慢したのに」

「……くっ」

口を開いたら、喘ぎ声が出てしまう。直接の性感帯を握られて、刺激され、下肢がトロトロに溶けてしまいそうな快感を、和久は感じていた。

義行の言うとおり、会社で乳首を消毒した時も、熱くなる股間をなんとか無視して、自慰をしまいと我慢したのだ。

会社のトイレで、ピアス穴の空いた乳首を消毒するだけでも恥ずかしいのに、この上、それで感じて自慰をするなんてできるわけがない。

声を上げたくなくて返事をしないのを、義行はわかっているようだった。和久の性器の肌触りを楽しむようにゆったりと扱きながら、ピアス穴の空いていないほうの乳首にキスをしてくる。

「本当に、おまえは可愛いな。勝手に自慰をしなかったご褒美《ほうび》に、今日も可愛がってやろう」

「やめ……ぁ、あぁ」

抱かれたくない。ここで暮らすようになってほぼ毎日のように、和久は抱かれていた。乳首のせいだ。そこに空けられたピアス穴のせいで、消毒をされたり、ピアスを動かすたびに身体が熱くなるためだ。

ベッドに押し倒されて、和久は濡れた声が上がるのもかまわず、義行に抵抗した。

「いやだ……ぁ……また、こんなこと……ん、んんっ」

口づけられながら、胸を弄られる。ピアスをしていないほうの乳首を、クリクリと捏ねるように指で転がされた。

頭の芯が霞《かす》む。この頃では、乳首だけでイかされることも度々だった。それくらい、和久の胸は過敏な性具に変貌していた。

「ん……ぁ、あんっ」

唇が離れて、今度は半円形になったピアスに指をひっかけられて、軽く引っ張られる。

ガクン、と和久の喉が反り返った。下肢がビクビクと痙攣する。

引っ張られてツキンと痛んだ乳首から、鋭い快感が花芯へと送り込まれた。いやだ、と思う間もなく、和久の花芯から蜜が噴き上がる。

「あ、あ……いやだぁぁっ！」

痛みでも、快感でも、義行から与えられる胸への刺激だけで、自分の快楽はコントロールされている。それをまざまざと思い知らされる絶頂だった。

自分の身体が情けなくて、和久の目尻に涙が滲む。

だが、義行はやさしくない。

「ふ……また乳首でイけたな。いやらしい身体になってきたものだ、和久」

そう嘲りながら、義行が和久の首筋に唇を埋めて囁く。

「だが、いやらしいのは嫌いじゃない。もっと淫らになれ、和久。そのほうが、わたしも楽しめる」

和久が吐き出した蜜で濡れた指を、義行が後孔に滑らせていく。連日責められて、そこはぷっくりと腫れていた。

「ぁ……あぅ……っ」

けれど、義行の指を蕾は悦んで咥えていく。従順に口を開き、濡れた指に吸いつく。本人の意思に反して。

充分に準備ができると、次は男らしく昂った怒張が、指の代わりに花襞に宛がわれる。

「あ……あぁぁ……んん、ぅ」

ゆっくりと、和久と義行はひとつになった。

「おまえの中がひくついている。一日中イくのを我慢するのは、いいものだろう？　夜のセックスが最高によくなる。ん……動かずともおまえの中が絡みついて……いいぞ、和久」

勝手なことを言われて、和久は泣きそうだった。こんな男なんて触れられるのもいやなのに、身体は逆に感じてしまう。

自慰を我慢したのは義行のためではない。最高のセックスのためでもない。

けれど、結果的には義行を悦ばせる行為に結びついてしまう。

「俺は……あんたなんかと、したく……ないのに……あっ」

可愛くないことを言うと、義行がズンと奥を突く。さらに、乳首のピアスを引っ張られて、和久は泣くような悲鳴を上げた。

「いた……っ、あぁ……あ、んっ」

「嘘をつけ。ここを苛《いじ》めると、おまえの中が締まって、もっと苛めてくれと絡みついてくる。いいかげん諦めろ。おまえはわたしに罰されるのが好きなんだよ。可愛い子だな、和久」

そう言いながら、義行が抽挿を始める。和久は「違う……違う……」と泣き濡れた。

けれど、反論すれば罰が、諦めてされるがままになると褒美が、義行から与えられる。

罰も褒美も、和久には甘美な責め苦であった。どちらも和久を感じさせて、どちらも和久を泣かせる。

「も……ダメ……あ、イく……イきた……い」

屈服したくないのに、義行によって引き出された快楽に、和久は逆らえない。啜り泣いて抵抗した挙げ句、最後には求める言葉を口にしてしまう。

しかし、力強く中を穿ちながら、義行は和久の花芯をむごく縛める。

いつもの調教だ。義行は、和久をこの行為なしでいられない身体にしたいのだ。

「イきたい時にはどうするか、教えただろう？　言ってみろ、和久」

「ぁ……」

和久はいやいやと首を横に振る。イくと口に出すだけで、和久には充分恥辱的なのだ。これ以上の言葉は、自分が義行の雌《めす》だと認めるものだった。

だが、それで義行が許すことはけしてない。

性器を縛められながら中を抉られ、さらに悪戯するように軽く、乳首のピアスを弄られる。

ツキンとする痛みは快楽だ。握られた性器がビクビクと震え、和久にイきたいと訴える。

さらに、中の襞の弱い部分を、性器の先端でじっくりと擦り上げられた。

「ひぅ……っ」

ビクビクと全身が波打つ。イきたくて、ペニスがトロトロと涙を流した。

泣きながら、和久は口を開いた。この異常な快感に逆らえない。

「出……して……俺の中に……義行さんの……全部、出して……っっ！」

「いい子だ。よく言えたな。好きなだけ、おまえの中をわたしの胤《たね》でいっぱいにしてやろう。孕《はら》むほどにな」

性器への縛めが解かれ、その手で頬を撫でられる。べっとりと、自らの精液が頬についた。

しかし、今は青臭い匂いまでが、和久をそそる。

「……んっ」

口にその指を入れられて、和久は夢中で、指についた自身の蜜を舐め啜った。

後孔では、ゆったりとした抽挿が、突き上げるものに変わる。

「んっ……ふ、ふ……んぅ、っ……あっ、イくっ……イくぅっっ……っっ！」

最後、唇から指を引き抜かれ、熱い欲望が後孔で膨らむのを感じながら、和久は全身を反り返らせた。性器から蜜が迸る。

痙攣するように震えながら射精する身体に、義行が熱い胤を放出する。濡れた粘液に身体の奥までいっぱいにされて、和久はそのまま、続いて射精を伴わない絶頂を味わわされる。

イくことでの快感と、ドライオーガズムの快感を続けざまに与えられて、全身の感覚が吹き飛ぶ。頭の中が真っ白になり、和久は自分が叫んでいるのか、呻いているのかわからなくなった。

こんな感覚、義行に教えられるまで、和久は感じたことなどなかった。こんなに快楽だけになるセックスなんて他に知らない。

やがて、脱力した身体を義行が抱きしめる。

意識を失くした和久に、義行がやさしく口づけていた。

仕事をしている間は、義行とのセックスを忘れていられる。その時間だけが、義行から逃れられる時間だった。

「ええ、その件につきましては早急に検討させていただきます。——ええ——ええ——わかりました。こちらでも対処します」

電話を切ると、和久はパソコン画面を確認して、荷物の状況を調べる。空港を出たことをチェックして、相手に電話を入れる。

そうやって忙しく働きながら、昼休みになってドキリとする。知らず、ピアスのある右胸を押さえた。

乳首の消毒の時間だ。

したくない。だが、消毒を怠ればどうなるのか、義行から脅し混じりの忠告をされている。乳首が膿んで、腐るなんて絶対に我慢できない。

まだパソコン画面を睨んでいる同僚に、食事に行くと愛想笑いをして、部署を出た。

向かうのは別の場所だ。できるだけ使用する人間が少ない場所を選んで、営業で外回りが多いフロアのトイレに向かう。

女子トイレは賑わっているが、男子トイレはシンとしており、中に入って、和久は個室にこもった。ネクタイを肩にかけ、ワイシャツのボタンを外す。下着を上げて、ピアスの嵌まった乳首を忌々《いまいま》しい思いで見下ろした。

ポケットから綿棒と消毒スプレーを取り出す。

ため息をついて、和久は処理を始めた。綿棒にスプレーを噴射し、濡れたそれで乳首を拭う。いや、繊細な場所のせいで、拭うというより撫でるような動きだ。

すぐに、覚えのあるジンとした疼きが胸から全身に広がっていく。

「……っ」

人がいないとはいえ、いつ誰が入ってくるかわからない。和久は唇を嚙んで、自分で自分の乳首を綿棒で突くようにして、消毒していった。

丹念にやらないとひどいことになるぞ、と脅されているため、どんどん呼吸が熱くなるが、やめられない。

丁寧に、皺の間にも消毒液が染み渡るよう、つけていった。

途中でふと思い出し、ピアスを動かす。これはもっと、異様な感覚だった。空いた穴のせいで、中から乳首を刺激されているような感覚に襲われる。

「……ん」

唇を嚙みしめ、和久はあり得ない快感を押し殺した。

充分ピアスを動かすと、もう一度消毒をする。過敏になった乳首を再び綿棒で突く動きに、和久の下肢がジンジン疼く。

けれど、触らない。こんな場所で自慰なんて、絶対にしたくなかった。

消毒を終えると、吐息を震わせながら、液が渇くのを待つ。今、これを指で抓《つま》んでコリコリと転がしたら、きっと甘い声が出てしまうだろう。

処理の終わった乳首は、ツンと尖って赤くなっていた。

もう片方も、ピアス穴への刺激で興奮して、同じように赤く腫れて尖っていた。

触りたい。指で抓んで、弄って、この熱を放出してしまいたい。

会社でこんな淫らな気持ちにさせる義行が、和久は憎かった。どうして、あんな男に兄は弟を委《ゆだ》ねようと思ったのだろう。ただでさえ自堕落な弟が、この上、異常な行為に感じる変態になってもかまわないのか。

——どうせ俺は……。

和久は唇を噛みしめた。自分はどうせ、高瀬川の人間じゃない。

興奮が鎮まるのを待つ間、和久の脳裏に幼い頃の情景が蘇っていた。


——お母様、先生に褒められたの。見て、百点だったんだよ。

学校から帰った和久は、期待を胸に秘めながら、母親にテスト用紙を見せる。

しかし、彼女はそれをうるさそうに払いのけ、その夜のパーティー用のドレスの選定に夢中になっている。

　無視された和久は、しょんぼりと自室に引き上げる。

　和久にはお決まりの、幼少時の一場面だった。

　お母様と呼んでいる女性は、和久の本当の母ではない。父の妹で、和久にとっては叔母に当たる女性だった。

　生まれてすぐ、子供のいなかった妹夫婦に、和久は養子に出されていたのだ。名前をつけたのも、その叔母夫婦だった。

　だから、淳一、圭二と続いた兄弟の名であるのに、和久だけ数字がついていないのだ。

　叔母夫婦との記憶にいいものはほとんどない。叔母は、時々ペットのように和久を可愛がるだけで、通常はうるさがり、無視しているのがほとんどだった。

　叔父はもっと無関心だ。もともと和久を引き取ることに反対していたことから、戸籍上の父親になってもまったく無視して、人前でしか父親らしい姿を演じない。

　当然だろう。叔父には、愛人に産ませた血の繋がった長男がいるのだ。叔母のヒステリーさえなければ、叔父はその子供を引き取りたかったに違いない。

　それがいやで和久を養子に欲しがった叔母と、無関心な叔父に囲まれ、和久の幼少時は寒々とした記憶に塗り込められていた。

　虐待や世話の放棄をされたわけではない。暴力は振るわれなかったし、衣食住で不自由をさせられたこともなかった。

ただ、無視されただけだ。目の前にいてもいないかのごとく振る舞われ、息子らしく愛された記憶も与えられなかった。

それでいて、人前では幸せそうな演技をすることを求められたから、和久の精神はしだいに荒んでいった。

――お父様もお母様も、僕が嫌いなんだ……。

幼心に、和久がそう思い込んでも無理はない。生きていく術《すべ》として、和久はしだいにいい子の自分と寂しい自分を分離するようになっていった。

その二重生活は十歳で終わりを告げた。妹の異常な子育てに、実父が気づいたのだ。

「おまえは子供をなんだと思っている！」

父の怒鳴り声に、母だと信じてきた女性がこう返したのを、和久は覚えている。

「兄さんが悪いのよ！　わたしをあんな人のところに嫁《とつ》がせるから、だから！　子供さえいれば、あんな女の息子にあの人の跡を継がせなくて済むのよ！　だから、兄さんだってわたしにあの子をくれたんじゃない！　わたしが悪いんじゃないわ。懐かないあの子が悪いのよ！」

洩れ聞こえてきたその声を、和久は呆然と聞いていた。

――懐かない僕が悪い。

いい子じゃなかった自分が悪いのだ。だから、母は自分を捨てるのだ。

十歳だった和久はそう信じた。

――もっとも、すぐにあの人が本当の母親じゃなかったって、理解したけどね。

ワイシャツの前を閉じながら、和久は自嘲した。偽物の母親、養子に出されていた自分。ある程度の年齢になれば、家族の事情も理解できる。子供のいなかった叔母が焦る気持ちもわかったし、そんな妹を不憫《ふびん》に思って、三男を養子に出した父たちの思いも理解できた。

それに、実家に戻ってからの和久は、それまでの埋め合わせをするかのように両親から甘やかされ、兄たちにも大事にされた。

和久は、可哀想な子供だったから――。

身支度を済ませて、和久はため息をついた。

可哀想な子供だったから、今までの自堕落を兄たちは許してくれた。淳一は苦笑混じりに、圭二は苦虫を噛み潰したような顔をしながら。

自分は、その兄たちの理解の境界線を越えてしまったのだ。やりすぎた。

だから、義行のような男に引き渡された。

ブルリと、和久は震えた。自分が悪いことはわかっていた。

二十六歳になっても、自分の中には消えない寂しさが居座っている。どんなに親に甘やかされても、兄弟に大事にされても、それでも消えない冷えが残っていた。

それに甘えて、我が儘に生きたのは自分だ。

今、和久はそのしっぺ返しをくらっている。誰を怨む筋合いの話ではない。

義行との異常な暮らしの中で、和久はそのことを思い知らされていた。

やり直すべきだった。今さら子供時代を取り戻すことはできないが、いいかげん冷えた子供時代を乗り越えるべきだった。

乗り越えなくては、自分はまた同じことを繰り返してしまう。

それか、義行のような支配者に管理されるか。

その管理の仕方を思い起こし、和久の身体の芯がゾクリとした。

管理ではなく調教だ、あれは。

義行もそう言っていた。和久を調教する、と。

——いやだ。

やり直すにしても、あんな男のものになんてされたくない。容赦ない痛みと、気が遠くなるような陶酔と——。

あんなものに慣れたら、自分が自分でなくなってしまう。

和久は唇を引き結んだ。

自分がどれだけ家族に迷惑をかけ、甘えていたかはよくわかった。兄たちに許しを請い、生まれ変わったつもりで生き直そう。

もう寂しさを埋めるためにセックスに逃げない。

義行から逃れるために、和久がするべきこと。それは、兄たちへの謝罪だ。

翻弄されるばかりだった和久の心が、ようやくするべき道を見出す。これで、自分は義行との異常な世界から逃げ出せるはずだ。

きっと、ここまで反省することを、兄も期待していたのだろう。そうに決まっている。でなければ、義行のような男に弟を委ねたりはしない。きっとしない。

以前は、口先だけの謝罪だった。しかし、心から反省すれば、きっと兄も許してくれる。

和久はそう願い、その夜、淳一の屋敷へと向かった。

§第六章

終業後、淳一の屋敷を訪ねた和久は、まず兄嫁の亜津子に手をついて謝った。

「申し訳ありませんでした、義姉さん」

真摯《しんし》なその様子に、亜津子《あつこ》がため息混じりに首を振る。否定というより、やれやれという具合の態度だった。

「やっと、和久さんから本気の謝罪をいただけたわね。反省できた？」

亜津子の問いかけに、和久はもう一度頭を下げる。

亜津子の妹にひどいことをしたと、今はわかっていた。彼女とは交際していたのではない。玩んで、飽きたら捨てたというのが正しいやり方だった。

いきなり連絡の絶えた和久に、彼女が姉を頼ったのは当然だった。

自分はどれだけ、そういう自分勝手な付き合いをしていたのだろう。ただ自分が寂しいからといって。

「はい。馬鹿なことばかりしてました」

心からの言葉に、義姉が微笑む。いつまでもちゃらんぽらんに生きてきた和久を、義姉も心配してくれていたことがわかる。

しかし、次の言葉で和久はギョッとする。

「淳一さんの言うとおりにして、本当によかった。まさか、下條さんが男性がお好きだったなんて知らなかったけれど、和久さんにはぴったりだったようね。こんなに落ち着いて……よかった」

しみじみと目を細められる。義姉というより、まるで母親であるかのような慈愛に満ちた眼差しだ。

和久は慌てて否定した。

「ぴったりだなんて……そんなんじゃありません！　あんな男」

「あらあら、照れなくていいのよ、和久さん。和久さんが落ち着いてくれるなら、相手は同性の方でも、わたしもお義母様も文句を言うつもりはありませんからね。安心して」

などと、頓珍漢《とんちんかん》なことを言われる。淳一からどう言われているのか、義姉はすっかり、和久と義行を似合いのカップルだと思い込んでいる様子だった。

しかも、その口ぶりから、母まで彼女と同じだと知らされる。

『同性』との恋人関係を肯定されるだなんて！　少し前ならば、和久が同性と肉体関係を持っているなどと彼女たちが知れば、卒倒するのは間違いなかった。

それがこうまで理解されるとは、自分のだらしない私生活のせいではあるのだが、和久は慌てる。

同性への理解まではともかく、義行は和久の恋人ではない。それどころかむしろ、和久は義行から離れることを望んでいて……。

しかし、やっと謝罪できた義姉をこれ以上悩ませることもできない。

――とにかく、兄さんが蒔《ま》いた種なんだ。兄さんを説得しなくては。

和久は淳一の帰りを待った。

小一時間もしないうちに、淳一が帰宅する。義姉に出迎えられて、兄が和久の待つ客間にやってきた。

「どうした、和久。改まって謝りに来るとは。やはり、義行がいい影響をおまえに与えているのだな」

にこやかに言われて、和久はムッとなる。かすかに眉をひそめた弟の肩を、淳一が軽く叩いた。兄弟らしい、気安い態度だった。

義姉に酒を運ばせてから、淳一が和久に向き直る。グラスを渡され、和久はそれを硬い表情で断った。

「どうした、和久。飲んでもかまわないだろう。義行のことだから、きっと迎えに来るだろうし。あいつは、付き合う相手に甘いんだ」

友人らしく、義行の癖も心得た言葉だ。

和久はカッとなった。そこまで義行のことがわかっているなら、あの男がどうやって和久を調教するかだって、知っていたはずだ。

「兄さんは、あいつがあんな男だって知ってて……！　あいつがそんなやさしいわけないだろっ」

つい、声が大きくなる。淳一が苦笑した。

「もちろん、そうなるまでにはいろいろとあるだろう。だが、おまえだってもうわかっているだろう？　義行は、本質的にはやさしい男なんだよ。だから、おまえのことだって引き受けてくれたんだ」

「引き受けてくれたって……」

それではまるで、いやいや和久の調教を請け負ったみたいではないか。あんなひどいことをしておいて、いやいやだったなんて……。

唇を噛みしめた和久の表情から誤解を悟って、淳一が慌てて口を開く。

「いや、そうじゃない。おまえが考えているようなことじゃない、和久。本当に面倒なら、あいつは引き受けはしない。だいたい前々から、あいつはおまえを気にしていたんだし」

和久は眉根を寄せる。それは最初から義行も言っていた。以前から目をつけていたが、友人の弟だから手を出すのは控えていた、と。

しかし、それが事実だとしても、義行がそう言ったのは恋愛感情からではない。和久を憎からず思っていたから、手を出したかったわけではない。

あの男は、生意気な和久を調教するのを楽しみにしていただけだ。プライドを叩き潰して、屈服させて、みじめにあの男に抱かれるのをせがむ姿を見たかっただけ。

だが、今はそれを責めにここに来たのではない。

本論を思い出し、和久は怒りを鎮め、兄の目を見返した。

「――兄さん、お願いがあるんだ」

「どうした、いきなり改まって」

居ずまいを正した和久に、淳一も背筋を伸ばす。きちんと、和久の本気を感じ取ってくれた兄に、和久は頭を下げた。

「お願いします。どうか、もう義行さんとは終わらせて下さい。もう二度と、兄さんたちに迷惑をかけることはしませんから、自分のマンションに帰らせて下さい」

「和久……」

真面目に頭を下げる和久に、淳一が驚いた様子で言葉を途切らせる。

そのままじっと、和久は頭を下げ続けた。兄がわかったと言うまで、上げる気はなかった。

それくらい、義行と離れたかった。このまま義行のもとにいたら、自分がどうなるかわからない。

これまでの和久の遊びは、あくまでも心地いいお遊びだった。けれど、義行とのそれは違う。根こそぎ奪われ、快感を作り変えられ、義行以外のやり方では不感症になってしまいそうな行為の数々――。

それに溺《おぼ》れかけている自分が、和久は恐ろしかった。溺れたら……そうしたら、自分はどうなる？

思ってもみない言葉が浮かび上がりそうで、和久はブルリと震えた。

そんな弟を、淳一は険しい顔で見下ろしていた。

やがて、太いため息をつく。

「ダメだ、和久。おまえが本当に反省してくれたのは、嬉しい。だが、義行の手を借りる時、わたしはあいつと約束したんだ。任せた以上、最後までおまえのことはあいつに預けると」

「兄さん……！」

裏切られた思いで、和久は顔を上げた。淳一を見つめ、首を振る。

「そんな……そんなの……！　兄さんは俺をあの男に売ったのかよ！　俺が兄さんの手に余るから、あいつの餌食に差し出したのかよ！　反省したんだよ。もう絶対、兄さんたちに迷惑をかけないって、誓うよ。それなのに、兄さんは俺を、あんな男のもとに帰れって言うのかよ！」

信じられない。この措置は、和久が改心するまでの緊急避難的な仕打ちではないのか。いくら和久がメチャクチャだったとはいえ、どうしてこんなむごいことができるのだ。

淳一が諭すように、和久に説いてきた。

「和久、義行のところに帰れ。おまえにはあいつが必要だ。わたしたちではあげられなかったものを、あいつはおまえに与えてくれる」

「あいつがくれるものなんて……自分勝手な懲罰《ちょうばつ》じゃないか！　変態で、俺に……俺の身体に……！」

見せられるものならば、乳首につけられたピアスを見せてやりたい。

だが、いくらなんでもそんな恥ずかしいもの、兄に見せられるはずがなかった。

中腰になった和久の手を、淳一がポンポンと撫でた。

「怖がるな。それより、自分がどうしてあいつを怖がるのか、そのわけをちゃんと考えたほうがいい。あいつはやさしい男だ。そのあいつが、おまえにむごく当たるというのなら、それは、おまえが望んでいるからだ。おまえを愛しているから、あいつはおまえに罰を与えるんだぞ」

「なんだよそれ……」

兄の言う意味がわからない。結局のところ、面倒な和久から、兄は逃げたいだけなのではないか。和久を家族から追い出し、面倒を義行に押しつけているだけなのではないか。

「ふざけるな。兄さんは……義姉さんを泣かせた俺を憎んでいるんだ。やっぱり許せないんだろう？」

もう兄を頼れない。兄から言ってもらえれば、義行から逃げられると思ったのに。

自分が悪いのはわかっている。けれど。

「和久！」

背を向けて、客間を飛び出す和久に、淳一の声が追い縋る。

「違う！　これは、わたしがした唯一の兄としての厚意だ！　誤解するな、和久」

なにが厚意だ。

飛び出す和久を、リビングから義姉が心配そうに覗いている。

それを無視して、和久は兄の屋敷から出ていった。頭の中は怒りでいっぱいだった。

——義行はやさしい。

——ひどいのは、和久が望んでいたから。

そんなこと、信じられない。自分があんなひどいセックスを望んでいるわけがないではないか。ましてや、乳首にピアス穴を空けられるなんて。

しかし、激情のままに飛び出したものの、兄の家を追い出されたら、和久に行くところなどなかった。淳一があの調子ならば、きっと次兄の圭二も同様だろう。圭二は、淳一よりももっと、和久の行状に呆れていた。

　行くあてのない和久は、とぼとぼと街を歩いた。かつての遊び相手のところに行こうかとも思ったが、行けばきっとセックスになる。

　生まれ変わると誓った自分は、そんなセックスに逃げたくはなかった。生まれて初めて、この身体を好きでもない相手に渡したくない、と感じるようになっていた。

　思えば、これも義行によって教えられた感情だった。義行とのセックスに恐ろしさを教えられ、初めて、和久は自分の肉体というものを意識するようになっていた。

　大切にするもの、するべきもの。

　心と身体を一致させる大切さ。

　身体を熱に埋めても、心の飢《う》えは埋まらない。

　自分を大切にしてほしいなら、自分自身も己を大切に扱わなくてはならない。

　やっとそれがわかったのに——。

「家に……」

　結局、唯一自分のものだと思える場所に、和久は足を向けた。自分の城、自分の隠れ家。

　成人してからずっと暮らしてきたマンションへ。

　いずれは連れ戻されるだろうが、しばらくの間だけでも逃げたい。

けれど、そこも和久の安住の場所ではなくなっていた。

「なにも……」

まだホルダーにつけたままだった鍵で、部屋に入った和久は愕然と座り込んだ。

六年近く暮らした部屋が、空っぽになっている。テーブルも椅子も、絨毯《じゅうたん》もカーテンも、家財道具が一切合財なくなっていた。

身の周りの物が義行のマンションに運ばれたのは、わかっていた。しかし、その他の持ち物まで片付けられていたとは思わなかった。

「あ……あぁ、なんだよ……。なんだよ！」

やりきれなくて、和久は床を叩いた。何度も叩き、泣き崩れる。

なにもかも奪われた。兄たちのもとに戻ることも許されず、自分の城も消えてしまった。

やったのは義行だとわかっている。義行はどうして、ここまで和久を追いつめるのだ。

子供のように、和久は泣いた。泣いて、喚《わめ》いて、床を叩いた。

やがて力尽き、倒れ伏して、涙を流す。

「いやだ……やだよ……」

義行のマンションになんて、行きたくない。

けれど、ホテルを取って、とりあえずそこに逃げることもできなかった。あまりの絶望に身体が重くて、なにもしたくなかった。

しゃくり上げながら、和久は泣き続けた。

――怖い。

『考えろ』

――逃げたい。

『おまえのためだ』

兄の言葉が、和久を責める。

怖かった。義行といたら、自分がとんでもないことになってしまいそうで、いやだった。

だから、逃げたかった。逃げれば、和久は和久の知る自分でいられる。

だって、あんな快感――！

義行のする懲罰は怖かった。その後の許しは嬉しかった。

そう。いけない子だと罰を与えられ、いい子だと褒められるのがよかったのだ！

叱られて、褒められて、そうしてやさしく抱きしめられるのが好きだった。それはまるで、和久の存在を認められているようで――。

和久は啜り泣いた。自分は大人だ。もう充分、過去のことを引き合いに、自分に言い訳するのは許されない年齢だった。

けれど、こんなにも残っている。無視された十年間が――腫れ物に触るように引き取られたその後の十数年が、自分の中に傷となって残り続けている。

甘やかされるだけでは物足りなかった。いけないことをした時はちゃんと叱って、自分も家族の一員だと感じさせてほしかった。

兄たちに対するのと、自分に対する両親の態度の違いに、和久はどれだけ傷つけられてきたことだろう。高瀬川家の異分子だと、思い知らされ続けたことだろう。

それがまだこんなにも、自分の中で傷となって痛み続けている。

「なんだよ……こんなの……」

呻き、和久は身体を丸めた。子供が無意識にそうするように、小さく丸くなる。

その耳に、遠くから、ドアが開く音が聞こえた。

和久は涙で滲んだ目で、リビングの出入口のドアを見つめた。

しばらくして、そのドアが開き、長身の男が入ってくる。

和久はそれを、身じろぎもせず見つめていた。

「なんで……」

掠《かす》れた呻きが、和久から零れ落ちた。

目の前にいる男は、一番会いたくない男——義行だった。

義行がニヤリと笑う。

「今のおまえに、他に行くところはないだろう。わたし以外の誰と、セックスできる」

そのまま歩み寄り、転がった和久の顔を見下ろしてくる。

「意味のないセックスは、もうおまえにはできないはずだ。違うか？」

「あんたが……こうしたんだろ……。俺に本当のことを気づかせて……それでどうするつもりなんだよ……」

また一滴、和久の目尻から涙が零れ落ちた。

義行だって、きっと和久を捨てる。面倒にうんざりして、和久から離れていく。

いつかきっと――。

だって、こんな自分、和久自身が一番嫌いだった。いつまでも大人になりきれず、子供の頃の傷をひきずって、馬鹿な男。

誰が、こんな男と関わりたがる。

だが、目の前の男は逃げなかった。和久を見捨てて、出ていきもしなかった。

愛しむように微笑んで、義行が膝をつく。

「馬鹿な子だ。どうでもいい相手を罰してやるほど、わたしは暇な男ではない。ずっと、おまえを見ていた。心細そうに淳一たちにくっついていた頃から、ずっとおまえを見ていたんだ。おまえがなにを欲しているか、わたしにはちゃんとわかっている。――わたしに黙って、逃げようとした罰が欲しいか、和久」

和久は無言で、義行を見上げた。傲慢で、容赦なくて、いやだと言っても和久を痛めつけてくるひどい男。

けれど、誰よりも、和久の欲しいものを与えてくれる男。和久自身も気づかなかった欲求を満たしてくれる男。

「飽きたり……しないか……」

泣くような問いが、和久の唇から零れ出す。

男はやさしく微笑んで、頷いた。

「面倒になって……捨てたり……」

「しない。わかっているのか？　わたしは、初めておまえを見た十六歳の時から、ずっとおまえに恋してきたんだぞ、和久。一歳の、途方に暮れた子供を、十六年間、ずっと見てきたんだ。今さら、どうして他の人間に対象を移せる。面倒なおまえが、いいんだ」

強く腕を引かれ、抱き起こされた。ギュッと、やさしく抱擁される。

和久の目からとめどなく涙が零れ落ちた。

ひどい男。勝手な男。

しかし、和久を救ってくれる男――。

「う……うぅ……義行、さ……ん……」

兄でさえ見捨てた人間を、他人の義行がやさしく拾ってくれる。捨てないと誓ってくれる。

和久は義行に縋りついた。

「罰を望むか、和久」

囁く言葉に、和久は頷く。コクコクと何度も頷いてから、顔を上げた。

縋るように見つめて、和久は問いかけた。少しだけ不安な、問いかけだった。

「……だって、罰を与えるのは、それだけ、俺を愛しているから。好きだから、悪いことをしたら怒るんだよね？」

不安は杞憂《きゆう》だった。和久の問いに、義行の頰に大きな笑みが浮かぶ。

「正解だ、和久。愛しい相手に逃げを打たれたら、恋した男は誰だって怒りに駆られる。どうでもいい相手には、怒らない」

ホッと安堵《あんど》が、和久の中に満ちる。愛されているから怒られる。その心に存在しているから、叱られる。

存在していなければ、怒ることさえしてもらえない。

深く吐息をついた和久を、義行が力強い腕で抱き上げてくれた。


義行のマンションに連れ戻された和久は、即座に裸に剝かれた。

全裸で、リビングのソファに座らされる。大きく足を開いて。

恥ずかしかった。けれど、これが和久に与えられた罰だ。

大きく開いた足の間に、義行が膝をついている。手には、鋭利な剃刀《かみそり》を持っていた。

和久の股間には、すでにシェービングクリームが塗られている。

「動くなよ、和久」

「……ん」

命じられて、和久は頷く。しかし、動かずにいられるか、自信がない。なぜなら、恥ずかしい罰にもう、和久の股間では性器が勃ち上がっていたからだ。

凝視され、刃を当てられる。ジョリ、と最初のひと房が剃り落とされた。

「……ぁ、ん」

「そんな声を出すな。これは、懲罰なんだぞ」

義行が苦笑しながら、和久を窘《たしな》める。

だが、懲罰とわかっていても――というより、懲罰であるからこそ、和久の神経は敏感さを増し、義行のするすべてから陶酔を感じ取っていく。

「んっ……」

またひと房、股間の草叢《くさむら》を剃り落とされる。剃刀の滑る感覚の後、肌がスーッとして、和久の羞恥と、感じてはならない甘い痺れをもたらす。

懸命に腰を固定し、動かさないように足を開いているが、異常な行為に、花芯がさらに反り返る。

フルンと揺れて、義行をさらに苦笑させた。

「本当に、これで罰になっているのか？　気持ちがよさそうだ」

「だって……んぅ、っ」

また剃られて、和久は甘い声を洩らす。鋭利な刃の感触の恐怖、けれど、それをするのが義行だという甘さに、脳髄が痺れたように感覚がなかった。

こんな行為で感じるなんて、絶対におかしい。けれど、相手が義行だと思えば、異常ではなく正常な行為になる。

懲罰は、愛されているから。

叱られるのは、恋されているから。

両親も、兄も、与えてくれなかったものを、義行だけが理解して、与えてくれる。

寂しいと、男女漁りを繰り返していた自分が馬鹿みたいだと、和久は思った。欲しいものは、すぐ近くにあったのに。

自ら両足を抱えて、和久は最後まですべて、義行によって草叢を剃り取らせる。

終わると、温かなタオルで拭いてもらえた。

「あ……あぁ……」

ペニスまで一緒に拭くその動きに、和久は恥ずかしい声を上げてしまう。

義行がクスクスと笑った。

「子供のようにツルツルだ。これで、誰にもここを見せられないな、和久。会社のトイレでばれないよう、気をつけろよ」

注意する声が楽しそうだ。ばれて、なんとか言い訳しようとする和久を想像するのも楽しいのだろう。

「……変態。あっ！」

すぐに、罰するように花芯を握られた。

「なんだ、まだ叱ってほしいのか？」

「ちが……っ、あ、あぁ」

そんなつもりで言ったのではない。つい、口にしてしまっただけなのだ。あまりに義行が楽しそうで。

しかし、それすらも懲罰の対象にされて、和久は義行に喘がされる。

指を導かれ、自ら後孔に触れさせられた。

「自分の蜜を指につけて、そこを解していろ。上手にできたら、挿れてやる」

「そんな……あぅっ」

まだ乾いた指を爪の先だけ挿れられ、和久から苦痛の呻きが上がる。

痛い。けれども、同時に肉奥がジンとする。

だって、これは苛められているわけではないのだから。

「ほら、やりなさい」

命じる言葉に、和久は涙目になりながら、自分で自分の性器を握った。扱いて、トロリと滴り落ちた蜜を自らの指に塗りつける。

そうして、命令どおり、その指で後孔を探った。大きく足を開いたまま、義行に見せつけるように淫らな花びらに触れる。義行という雄を咥え込む花びらに。

「挿れろ、和久。やっている間に、わたしも服を脱ごう」

「あ……あぁ……」

嬉しい。罰だけでなく許しも、義行は同時に与えてくれる。

悪い子になったら罰。いい子にしていたらご褒美。

ネクタイを剝ぎ取る義行を見つめながら、和久は自らの指で蕾を犯した。

「あぁ……んっ」

「いい眺めだ。もっと、わたしをそそってみろ」

「んっ……そんな……ぁ、あぁ」

恥ずかしいと、言葉ではしおらしく拒みながら、指は奥まで入っていく。入って、肉襞を撫でて、抜いて、入る。

「あ、あ……見ないで……俺、こんな……あぁ……見ないで、義行さ……」

「わたしに見せるためにさせているのに、何を言っている。自分で自分を慰めて感じているくせに」

嘲笑いながら、義行がワイシャツを脱ぎ、スラックスのベルトに手をかける。

「二本目も挿れろ、和久。ほら――」

そう言いながら、義行が焦らすようにゆっくりと、スラックスの前を開いた。下着も押し下げると、欲望がヌラリと飛び出す。

「……っっ」

和久は息を呑んだ。猛々しい、昂った充溢《じゅういつ》。和久を欲しがって、完全に勃起している義行のペニス。

「あぁ……」

指が——義行の言うとおりに二本に揃えられた指が、和久の体内に潜《もぐ》り込んでいく。

「いやらしいな……。そんなにこれがいいか。淫らな奴だ」

「だって……」

和久は涙を零す。なじられるのが気持ちいい。嘲られるのが心地いい。

「だって……義行さんが……ぁ、こうしたんだろ……んっ、俺を……スケベに……もっとスケベに
……変えたくせに……あぁ」

「そうだよ。おまえに他の人間では物足りなくさせるために、おまえの快楽のすべてを、わたしが引き出してやった」

猛った性器を見せつけたまま、義行が下肢から着衣を脱ぎ捨てていく。

すべてを剝ぎ取って、義行は和久に歩み寄ってきた。自ら開いていた足を、もっとむごく開かされる。

「生意気なことを言った子には、お仕置きだ。少し痛いが、いいだろう」

「あ……そんな……んっ」

中を抉る指を、引き抜かれた。続いて、ソファの上に身体を倒される。

まだ指二本でしか開かれていない後孔に、義行が伸しかかってきた。

だが、挿入する前に、なぜか性器と性器を擦り合わされる。

和久はゾクリとした。その理由を、義行に囁かれる。

「どうだ？　無毛の肌に、わたしの草叢が当たる感触は。大人と子供みたいだな、ふふふ」

「あ……ダメだ、そんなこと……あぅ、っ」

倒錯的な感覚が、一気に和久を襲う。すべての毛を剃られた下腹部が本当に子供みたいで、密集した草叢を押し当てる義行がいつも以上に男臭く感じられて、卑猥《ひわい》な気分になる。

いけないことをしているような……。

ツルンとした肌を楽しみながら、義行は乳首にも手を伸ばしてくる。ピアスを軽く引き、ツキンとした痛みと快感を和久に与えてきた。

「やっ……」

「ふ、すっかりここで感じるようになったな。これでは、懲罰にならないか」

そう独りごちると、起き上がり、再び胸に着くほどに足を押し広げてきた。

「挿れるぞ」

「あ……義行さ……んんっ」

熱い欲望が、まだ蕩けきっていない花襞を押し広げていく。

痛み、熱。そして、それを上回る快感。

和久は悲鳴を上げた。痛みに泣き、快感に鳴く嬌声だった。

「あ……あぁぁぁぁぁ――……っ！」

ひと息に和久に挿入した義行が苦笑する。

「やれやれ、やはりこれでは罰とはいかないようだな。挿れられただけでイくとは」

「あ……あぁ……だって……」

和久は涙目で、義行を怨《おん》じるように見上げた。呼吸が上がり、大きく息を吸うたびに、後孔に入った義行の雄蕊《ゆうしん》を意識する。それもドクドクと脈打っているからだ。

気持ちがいい。身体中を弄られているからではない。義行が和久で感じてくれているのが、いっそう和久を感じさせた。

蕩けた声が、和久から洩れる。

「だって……気持ちいい……」

思わず洩れた素直な言葉に、義行の笑みが深まった。やさしく、ピアスをしていないほうの乳首を円を描くように指先で撫でられる。さらに、肛内の怒張をわずかに動かされた。

「ふふふ、これがいいのか？」

「いい……いいよ、義行さ、ん……ぁ、もっと」

どこかで、和久の箍《たが》が外れたらしい。恥ずかしいという気持ちが飛んで、代わりに淫らな自分が口を動かす。

ねだるように腰が揺れ、和久は義行の肩に縋りついた。

「動いて……中に、義行さんの……出して……ぁ」

「……まったく。素直になったかと思うと、とんでもないな」

呆れたような口調に、和久は涙ぐむ。

けれど、すぐに涙を吸い取られ、足を抱え上げられた。

「馬鹿。とんでもないというのは、もっとわたし好みになったという意味だ。こんなにいやらしくなったら、わたしも止まらなくなる」

「義行さ……ん、あぁ……っ」

ガクガクと突き上げられた。ソファの上で、和久は悦びの声を上げる。

どんな自分でも、義行は受け止めてくれる。欲しいと、愛してくれる。

「義行さん……義行……さ、ん……っ！」

乱暴に抽挿する義行に、和久はしがみついた。一心に、義行の与える悦楽についていく。

そのうちに、激しい抽挿から一転して、腰を回すように動かした義行が、和久の唇を奪う。

「ん……ふ……んぅ、っ」

甘く唇を貪られながら、後孔で熱い雄蕊が小刻みに蠢く。

唇が離れると、義行のペニスも抜け落ちるほどに引き出され、濡れそぼった先端が入り口の敏感な襞を弄る。

「あ、あ、あ……義行さ……あぁっ」

ジンジンする。入り口ばかりを集中的に苛められて、もっと深くまでひどくされたくて、和久の腰が揺らめいた。

「和久、なにが欲しいんだ」

意地の悪い口調で、義行に問われる。一番太い先端の部分で蕾をいっぱいに開きながら、クチュンと太い部分だけ中に入れ、また半分引き抜く。

「あ……あ、あぁ……それ、やだぁ……っ」

「いやなのか？　そう言うわりには、おまえのここは濡れ濡れだぞ」

そう言って、義行が花芯を握る。それは繰り返される痺れるような刺激のせいで、腹につくほどに反り返っていた。

「いやぁぁ……っ！」

イきそうになって、和久は涙をにじませながら、背筋を引き攣らせる。

またクチュンと、ペニスの太い部分だけが和久の中に入ってきた。

「言いなさい、和久」

命令は、甘美な睦言だった。

トロンとした眼差しで、和久は自分を支配する男を見上げた。唇が勝手に開く。甘く、熱く。

「して……奥まで……義行さんでいっぱいに……義行さんの胤でいっぱいに……して……欲し……あ、あぁっ！」

言葉と同時に、入り口だけを弄っていた怒張がズブリと和久を貫いてくる。

「いい子だ、和久」

「あ、あ、あ……ひぅぅ、っ」

激しい抽挿が始まり、和久は愛する男にしがみついた。好き、好き、好き、気持ちいい。

そして、ドクリと愛する人の欲望が膨れる。次の瞬間中に放たれたものを、和久の肉襞は引き絞るように啜り取った。

「あっ……あぁぁ……っっ！」

耳がキンとなり、目の前に星が飛ぶ。

全身を絡みつかせて、和久の性器からも蜜が迸る。義行の熱い精液を感じて、イッた。

「あうぅ……んっ」

「和久……」

戦慄《わなな》く和久を義行が抱きしめた。そして、囁かれる。聞こえるか、聞こえないかの、かすかな囁き。

けれど、それは幸福への囁きだった。

「愛している。十六年前からずっと……」

寂しさが消えていく。満たされて、和久は義行の腕の中、蕩けるように意識を霞ませていった。

「俺も……好き…………」

フワフワと浮いていた心が、ようやく地上に繋ぎ止められた瞬間だった。

甘美な遊戯

§第一章

小型のスーツケースに簡単な荷造りをしながら、高瀬川和久《たかせがわかずひさ》は扉口に佇《たたず》んだ恋人を振り返った。

恋人という言葉にはまだ若干の照れがある。二十六年間の人生で、和久には数多《あまた》の『恋人』が存在したけれど、字義《じぎ》どおりの意味での本物の恋人は、彼が初めてだった。

下條義行《しもじょうよしゆき》、三十三歳。長兄・淳一《じゅんいち》の友人である男だ。

ある事情から自堕落《じだらく》な私生活を送っていた和久を心配して、淳一から宛《あて》がわれた男である。

宛がわれたというと聞こえが悪いが、今はその長兄の配慮を、和久はありがたく感じていた。

淳一の許しがあったからこそ、和久と義行の関係は大目に見てもらえている。でなければ、同性同士で同棲など、けして許されなかっただろう。

それなのに、と和久は内心ため息を嚙みしめた。

「週末には帰国できるから」

「ああ。いい子で帰ってこい」

目を細めて微笑《ほほえ》みながら、眼差《まなざ》しがチラリと和久の下腹部に下がる。

視線の意味に、和久の頰《ほお》が紅潮した。恋人になって以来、たびたびされていることなのだが、和久の下腹部の草叢《くさむら》は、昨夜綺麗に剃《そ》り取られていたからだ。

さらにペニスにはコックリングまで装着されている。

すべて、和久の浮気防止のための処置だった。

むろん、義行は本気で和久の浮気を疑っているわけではない。それよりはむしろ、拘束されることで和久が感じる悦《よろこ》びのためになされた、という理由のほうが大きい。

苛《いじ》められたり、罰されたりすることに、和久は大きな悦びを覚える性質《たち》だった。

それだけ愛されている証《あかし》だったから——。

「……そんな目で見るなよ」

眼差しだけで熱くなってしまった自分が恥ずかしくて、和久はそう不貞腐《ふてくさ》れる。

義行はクスクスと笑って、歩み寄ってきた。

「いやらしい奴だ。もう少し……時間はあるだろう?」

「……セックスするほどの時間はないよ」

頬を包まれて、身体《からだ》がジンとなる。それでも、なにもかも義行に主導権を握られるのが悔しくて、そう言い返してしまう。

実際、行為に及ぶ時間はなかった。義行も出社する時間だったし、和久も空港に遅れてしまう。

「……ん、っ」

ねっとりと唇を奪われた。チュッと口づけられて、甘く吸われる。

そうして軽く離れた唇が、淫猥《いんわい》に囁《ささや》いた。

「ヌいてやる時間くらいはあるだろう。そのまま立っていろ、和久」

「……あ」

義行がスッと膝をつき、和久のスラックスの前を寛《くつろ》げていく。

「ダメだよ……そんな、んっ……立っていられな……ん、ぁ」

コックリングを弛《ゆる》められ、熱くなり始めた花芯を口に含まれる。

出がけにこんなと思いつつ、和久はその甘い誘惑に身を委《ゆだ》ねるのだった。


そうして出張に赴《おもむ》いて三日――。

頬の筋肉が引き攣《つ》れる。愛想よく微笑み続けすぎたせいだ。

しかし、中東にあるスィナーク首長国での交渉責任者ハーメド王子と挨拶《あいさつ》を交わして以降、和久は内心のうんざりした気持ちを押し殺して、王子に微笑みを向けていた。

スィナーク首長国とM商事との取引は、これが初となる試みだ。自然、慎重さが求められる。

むろんその覚悟で、最終調整のために日本から部長や主任と共に飛んだのだが、エネルギー産業省の副大臣ハーメド王子との対面で、和久はまずいことになったと臍《ほぞ》を噛んでいた。

――王子がゲイとは聞いていないぞ。

そのぼやきは、同僚には吐き出せない。王子の微妙な態度に気づいているのは、和久一人だけだっ

たからだ。

今でこそ義行という決まった恋人がいるが、それ以前の和久は不特定多数の情人と戯《たわむ》れて恥じない男だった。相当遊んだし、場数も踏んでいる。

その勘が、ハーメドの眼差しの意味を教えていた。

今夜も、特に和久をと指名されて、夕食に呼ばれている。

――あと二日の辛抱《しんぼう》だ。

二日後には契約の調印を終え、帰国できる。

それに、幸いと言っていいだろうか。ハーメドは和久へと意味ありげな眼差しを向けるわりに強引ではなく、現在のところ食事に付き合う程度で済んでいる。

王族という立場上、外国人に無体《むたい》を働くことはまずいという自制があるのかもしれない。

和久はハーメドがエネルギー産業省副大臣という公職に就《つ》いていることを感謝した。これが特段の務めもない有閑《ゆうかん》王子であったなら、もっと強く関係を迫られたかもしれない。

主に中東方面のエネルギー業務を担当している和久には、この地の王族についてのある程度の知識がある。金も暇もある王族という人種がどれほど厄介《やっかい》か、認識していた。

その点、ハーメドはまだマシだ。こうして食事を共にする程度で満足してもらえるなら、甘んじて受けるしかない。

「――ほぉ、丸《まる》の内界隈《うちかいわい》はまた変わったか」

「はい。昔ながらの東京駅《とうきょう》も復元されましたし、殿下が日本においでの際には他にもまた変化していると思います」

日本が好きというハーメドに、和久はにこやかに最近の日本事情を話す。

パンを手にしたハーメドが、感心したように頷《うなず》く。

「日本というのは不思議な国だな。長い歴史と伝統を持ちながら、惜しげもなく変化も受け入れていく。だからこそ、強いのか」

「さあ、それは……。おそらく好奇心が強いのでしょう。新しいものには目がないですし、それに天災が多いからでしょうか。形あるものはいずれ壊れるということを、感覚として持っているのかもしれません。だから、町を新しくすることに躊躇《ためら》いがないのかもしれませんね」

「なるほど、災害か。負の側面も大きいが、同時に進取《しんしゅ》の気性も民に与える。物事には二つの顔があるということだな。――ああ、そろそろコーヒーはいかがかな、カズヒサ」

「いただきます。大変美味《おい》しい食事でした、殿下」

丁寧に礼を言い、和久はハーメドの勧めを受ける。

その申し出と同時に、ハーメドは立ち上がる。食後のデザートはまた場所を変えてというのが、スィナーク流なのだろう。

歩み寄ってきたハーメドがさり気なく和久の腰に腕を回そうとするのを、和久は軽く体の向きを変えることで遮《さえぎ》った。

「素晴らしいタペストリーですね」

わざと、壁に飾られたそれに気を取られたふりをして、ハーメドから距離を置く。

ハーメドは苦笑したようだった。

風采《ふうさい》だけで言えば、落ち着きのある渋さが魅力的ななかなかの男前だ。

事前の資料により、年齢が三十歳であることは知っているが、その苦み走ったと表現したい渋さからもう少し年長に見える。

身長は、ほぼ義行と同じ程度。

これで義行という相手がいなかったら、あるいは仕事相手という縛りがなかったなら、以前の和久であれば美味しく頂いているところだ。

適度に遊んでいるだろう大人の男のゆとりを感じさせる雰囲気も、なかなかよかった。

自分もずいぶん変わったものだと、和久は内心呟《つぶや》く。魅力的だとは思うものの、少しも惜しいと思わない心境の変化がくすぐったかった。

義行がいるから、自分の心も安定している。

ハーメドをかわすのもそれほど難事ではない。紳士な王子のさり気ない誘いは、露骨《ろこつ》に欲望を見せてくる相手と比べれば問題ではなかった。

別室に案内され、コーヒーとデザートを振る舞われながら、和久はハーメドの想いに気づかないふりをして、そつなく会話を続けた。

直前になって「気が変わった」などの気まぐれも少なくない中東では珍しく、スムーズに契約調印は進んだ。

二日後、会議室で握手を交わす部長とハーメドを見つめながら、和久はホッと息をついた。

本当にハーメドは紳士だ。あの夕食以降、和久を無理に誘うこともなく、当然契約を盾に……などという理不尽《りふじん》もなく今日の日を迎えられたことに、和久は安堵《あんど》する。

しかも、無体な誘いをしないばかりか、ハーメドの言説《げんせつ》は非常に理性的で、気まぐれさがない。

交渉をするに、実にありがたい相手であった。

部長との握手が終わると、ハーメドは日本側の一人一人に握手を求めていく。

「貴社との取引が成立したこと、まことに嬉しく思う」

「ありがとうございます、殿下」

しかも、簡単な会話まであり、その気さくさにM商事側の感激もひとしおだ。

これだけのできた人物だからこそ、三十歳という若さでスィナーク首長国の生命線であるエネルギー産業省の副大臣を任されるのだとわかる。

自分の番が来て、和久もにこやかにハーメドと握手を交わした。

「久しぶりに年齢の近い相手と食事ができて楽しかった。よければ、今後の日本での窓口はカズヒサになってもらえると嬉しい」

「光栄です、殿下。ですが、担当に関しましては……」

唐突《とうとつ》な申し出に、和久は驚く。直接的な窓口は、スィナーク首長国に置いた駐在員であるし、本国からの担当者はチームの主任である佐藤《さとう》であった。

しかし、言いかけたものを部長に遮られる。

「殿下がそう仰《おお》せでしたら、もちろん今後は高瀬川に。——いいね、高瀬川君、佐藤君」

「……はい」

佐藤が一拍間を置いて、返事する。ハーメドの申し出を不快に思っているのが透けて見えた。当然だろう。このプロジェクトの実質的な指揮を執《と》ってきたのは佐藤なのだ。

——まいったな……。

和久は内心、眉をひそめる。ただでさえ、創業者一族の出である和久の部署内での立場は微妙なのだ。変な反感を買っては今後がやりにくい。

しかし、王族であるハーメドからの申し出を拒むことが難しいのも事実だった。

最後の最後でとんだ爆弾を投げてくれたものだと思いながら、和久も不承不承《ふしょうぶしょう》頷く。

「——若輩者《じゃくはいもの》ですが、謹《つつし》んで務めさせていただきます」

「ああ、今後ともよろしく、カズヒサ」

穏《おだ》やかに微笑んで、ハーメドが再び和久の手を握る。

と、握った掌《てのひら》の内側を、指の先がそろりと撫《な》でてきた。

和久はチラリと、ハーメドを見上げる。

悪戯《いたずら》っぽく、ハーメドの片眉が上がった。

――やれやれ……。

和久はひそかにため息をつく。脈はないのだと、もっとはっきり伝えたほうがよかったらしい。どうしたものか。

とはいえ、他人から好意を向けられるのは、別に初めてなわけではない。

大切な取引先ということを留意しつつ、無難に断ればいい。

こうして仕事を終え、和久は日本行きの飛行機に乗ったのだった。


厄介なのは、ハーメドよりもむしろ義行のほうだ。

夕方の便で成田《なりた》空港に到着して、そのまま出社し雑務を片付ける。

そうしてようやく義行とのマンションに戻ったのは、深夜も近い時刻だった。

「眠……」

時差ボケと疲労で、和久はぐったりしていた。一刻も早くシャワーを浴びて、眠ることしか考えられない。

しかし、今日は金曜日。

義行がリビングで、和久を待っていた。

「おかえり、和久」

抱きしめられて、キスされる。

「ぁ……ん、義行さ……」

うっとりするような甘いキスに、和久からあっさりと力が抜ける。五日ぶりの、義行との口づけだった。

たっぷりと舌を絡《から》めてから、キスが解ける。離れる時にチュッと唇を吸われていて、和久はトロンとした眼差しで、義行を見上げた。

「疲れた顔をしているな、和久」

腰を抱かれて、そう言われる。素直に、和久は頷いた。

「いろいろあって、疲れた……」

「いろいろ？」

スーツのジャケットを床に落とされる。続いてネクタイ、シャツのボタンを外されていった。

セックス……したいのだろうか。

「義行さん……オレ……………ん」

またキスをされる。軽いキスのあと、唇が触れ合うような位置で囁かれた。

「いろいろあったなら、おまえがきちんと貞操《ていそう》を守れたか、確認しなくてはな」

ワイシャツを落とされ、スラックスのベルトを外された。

どうしよう。義行はその気だ。

けれど、本当に疲れている。シャワーを浴びて、寝たかった。

「いろいろって、そういう意味じゃないよ……ぁ」

「ふ……スィナークでも自分で剃ったのか？　ツルツルだ」

下着ごと腿《もも》まで着衣を下ろされて、和久は頬を紅潮させた。義行の指摘どおり、和久のそこは渡航前と同様、無毛の状態になっていた。

「や……だって、チクチクして……」

「生えかけの陰毛がくすぐったかったか。――座れ、和久」

やさしく肩を押されて、和久はソファに座らされる。続いて膝をついた義行に、腿で止まっていたスラックスと下着を脱がされた。靴下も。

そうしてグイ、と下肢《かし》を開かされる。

「やめ……義行さ……」

明るいリビングの中でこんなことをされる淫《みだ》らさに、和久は顔を腕で隠す。すでに何度も義行には抱かれているのに、日常の風景の中でなされるそれに羞恥《しゅうち》が高まった。

しかし、義行はかまわず、和久の足をソファに乗せて、膝を立たせる。そうすることで股間のみならず、その奥の秘処まで義行の眼前に晒《さら》される。

「……やっ」

「全部、綺麗に剃ってあるな、ふふ。和久自らが剃毛《ていもう》するところを見られなかったとは、残念だ」

「そ、そんなもの……見せるわけないだろ！」

義行に見られながらそこの毛を処理するなんて、恥ずかしすぎる。

しかし、嬲《なぶ》る言葉に身体が熱くなっていく。

以前の和久にはこんな性癖《せいへき》などなかったのに、義行と出会ってからどんどん和久は変えられていた。

辱めとすら思える淫らな要求などとんでもない。けれど、義行がこんなことをするのは、和久を愛しているからで――。

「ぁ……んっ」

性器の根元のコックリングを弄《いじ》られた。クン、とペニスが頭をもたげる。

「こんなに敏感で、どうやって五日も独り寝でいられた？」

「ひ、独り寝くらい、別に……んんっ。それ、ゃ……触る、な……」

コックリングと一緒に根元を撫でられているだけなのに、雄芯《ゆうしん》が熱くなる。ジンジンと疼《うず》いて、じんどん硬くなっていく。

けれど、ある地点から膨張を遮られる。根元を縛《いまし》めているコックリングのせいだ。

「ふ……ゃ……やだ……なに、これ……んっ」

半端《はんぱ》に勃起したまま、快楽だけが下腹部で荒れ狂う。

どうしようもなくて、和久は腰を震わせた。その様に、義行がクックッと笑いだす。

「本当に、自慰《じい》もしなかったようだな、和久。ずいぶんいい子で過ごしたじゃないか」

立ち上がり、和久の隣に腰を降ろしてくる。そっと肩を抱き寄せられた。

髪にキスをされ、和久はその大きな胸に顔を埋《うず》める。

「だから、大丈夫だって言ったじゃないか……！」

自分が義行を裏切ることはない。義行だけが、和久の望むものをくれるのだから。

けれど、義行はまだ納得してくれない。半勃《はんだ》ちのペニスをキュッと握り、それ以上膨張できないのにやさしく扱《しご》きだす。

「やっ……義行さん、やめ……っ、あぁ」

「自慰も我慢したことはわかったが、まだあるだろう？　いろいろとは、なにがあった」

「なにって……仕事……仕事が大変で……あ、あんぅ……っ」

蜜が滲《にじ》み始めた先端を、親指の腹でグリと撫でられる。

ビクン、と和久の背筋が引き攣った。気持ちがいい、でも、苦しい。欲望にひたることが許されず、高められれば高められるほど苦しさが募《つの》っていく。

本当に、自分は浮気などしていない。

和久は苦痛と快楽の混じった眼差しで、義行を見上げた。

貞操は守った。しかし――。

「おまえの主人は誰だ？　やましいことがあるくらい、顔を見ればわかるのだよ。――言いなさい、和久」

どこまで、義行は和久のことをわかっているのだろう。どれほど和久を理解しているのだろう？

――誰よりも……肉親よりもなによりも……義行さんだけがオレのこと、わかって……。

愛されている実感に陶然《とうぜん》となる。

だが、言ってしまっていいのだろうか。義行は怒らないだろうか。

「なんにも……ない……ひぅっ！」

否定したとたん、ピアスの嵌《は》められた乳首を抓《つま》まれた。クリクリと二本の指で挟《はさ》まれて、中の金属と一緒に転がされる。

「いた……痛い……んぅ」

「痛いだろう？　だがもっと、痛くできる」

指が離れ、半円状に垂れ下がった胸の宝石に移る。軽く引っかけられ、クイと引っ張られた。

「あぁぁ……っっ」

肉ごと引かれる痛み。けれど、罰されることで味わわされる甘美。

ただし今は、悦楽を堰《せ》き止められた甘美だった。腰が突き上がり、和久から泣き声が溢《あふ》れ出る。

「痛い……いた……やっ……義行さん、やだぁ……っ」

ガクガクと腰は揺れるが、絶頂は許されない。それどころか、しかるべき膨張さえも妨《さまた》げられて、苦しさと痛みに和久は責められる。

けれど、痛いのに下肢が蕩《とろ》ける。

「正直に言わないからだ、和久」

義行は冷たい。冷然と和久を見下ろして、再び乳首を今度は甘く苛める。

無理矢理引っ張られてジンジンする胸の先を柔らかく撫で、痛みを宥《なだ》めるように指先で揉《も》まれた。

「や……許し……許して……苦し……」

イきたい。コックリングを外してほしい。外して、もっとはしたなく喘《あえ》がせてほしい。

かつて、和久は両刀遣《づか》いだった。それは男女という意味においても、対男においての意味でもそうであった。

男に抱かれもしたし、抱いたこともあった。

それが、今は完全なる牝《めす》になっている。挿《い》れられることに悦び、性欲をコントロールされることに歓喜を覚え、すべてを義行という男の支配下に置いて逃げようともしない。

逃げられるわけがなかった。義行だけが、和久が真に望むものを与えてくれるのだから。

「怒らないで……」

とうとう、和久は目を潤《うる》ませながら義行に訴えた。

「怒られるようなことをしたのか？」

義行の手が下肢に下がり、コックリングの存在を確かめるようにグルリと動かす。

「んっ……んぅ……っ」

気持ちがいい。それだけで全身がどうかなってしまいそうだ。

だが、答えなくては終わりはこない。

啜《すす》り泣きながら、和久は口を開く。

「取引相手の……王子が……ぁ……オレに……」

「惚《ほ》れられたか」

義行が苦笑する。しかし、惚れられた罰にと、強く性器を扱かれる。

「やぁぁ……っ、でも……でも、なにも……してな……してないから……あぁぁ」

しなやかな背筋を引き攣らせて、和久は悲鳴混じりに言い訳する。好意は寄せられたが、応《こた》えてはいない。

髪をやさしく撫でられた。

「ならば、最初から正直に教えればよかったではないか。どうして、黙っていようとした」

「だって……」

続く言葉こそが義行を不快にさせるのだと、和久にはわかっていた。

しかし、もう耐えられなかった。甘い責め苦に、頭がどうかしてしまいそうだった。

はしたなく下肢を揺らしながら、和久は答えた。

「殿下、が……今後の窓口は……オレにって……ぁ、んっ」

「和久に今後の窓口を？　なるほど、付き合いは絶たないわけだ」

「やぁ……っ」

ピアスをしていないほうの胸にキスされる。

チュッと乳首を吸い上げられて、和久から嬌声《きょうせい》が迸《ほとばし》った。性器には痛々しく青筋が浮かび、限界を示している。

「ゃ……お願い……お願い、もう……もう許して……義行さん……っ」

「さて、どうしたものかな。そんなに大事なことを言わずに済ませようとするとは……わたしの調教もまだまだということか」

胸から義行が離れた。軽く肩を押されて、ソファから床に落とされる。

「あ……」

傲然《ごうぜん》たる支配者の顔を、和久は泣き濡れた顔で見上げた。

義行の大きな手が、和久の頰を包む。そうして、訊《き》かれた。

「当然の質問だが……王子にはきちんと断りを入れたのだろうな。わたしには恋人がいます、と」

クシャリ、と和久の顔が歪《ゆが》んだ。

自分はなにひとつ、義行の意に沿うことができていない。そのことが恐ろしく、口を開けない。

「あ……あぅ……」

「――和久」

軽く頬を叩かれ、答えを促《うなが》される。

涙が、和久から零れ落ちる。

「ごめんなさ……オレ……はっきりそう言えるチャンスが……なくて……ひっく」

「言っていないんだな」

呆《あき》れたような、義行のため息。

ビクンと、和久は身を竦《すく》めた。義行を怒らせた自分が情けなかった。義行はこんなにも、和久を大切にしてくれるのに。

「ご、ごめんなさ……」

「和久はもう、自由の身ではない。おまえのすべてはわたしのものだと、わかっているのか？」

頬に当てていた掌が離れてしまう。前屈《まえかが》みになってくれていた義行が、ドサリとソファの背にもたれてしまった。

涙がボロボロと頬を流れる。和久は必死に、義行にごめんなさいを繰り返した。

機会を見てだなんて、自分はなにを悠長にかまえていたのだろう。ハーメドの目的は明らかであったし、事態が手に負えなくなる前にはっきりと、彼には恋人の存在を匂わせておくべきだった。

自分はハーメドのものにならないと。

「ごめんなさい……ごめんなさい、義行さん……」

義行が再び、ため息をつく。フッと、苦笑がその頬に浮かんだ。

和久を嬲るのも義行だが、許しを与えてくれるのもまた義行だけだった。

「――舐《な》めろ。わたしのモノを出して、おまえに挿れられるように、たっぷりと舐めるんだ。上手にできたら挿入して、中に出してやる。おまえがイくのは、それからだ」

「許……許してくれる……？　それでオレのこと……許して……」

謝罪のやり方を提示してもらって、和久は必死に義行の脚に縋《すが》りついた。

義行がやさしく目を細める。

「王子にはちゃんと、おまえが恋の相手にならないとわからせるんだぞ」

「うん……うん……！」

震える指で、和久は義行のベルトを弛めた。ボタンを外し、ジッパーを下ろす。

熱い。下着の上からでも、義行のそれが充溢《じゅういつ》した熱さを帯びていることがわかった。

和久に欲情してくれている。和久を欲しがってくれている。

――嬉しい……。

奉仕することがこれほどの悦びを生むと、和久は義行によって教えられていた。愛する相手が昂《たかぶ》る様が、どんなに和久自身も欲情させることか。

「ん……んぅ」

引き出した性器を、和久は鼻を鳴らして咥《くわ》えた。

「……ん……ふ……」

「ずいぶん美味《うま》そうだな、和久」

頬を撫でられる。喉《のど》の奥までペニスを咥え、舌を巻きつけて幹を吸いながら、和久はコクコクと頷いた。

「ん……美味し……んぅ……」

唾液が溢れ、ジュルと音を立てて義行の雄《おす》をしゃぶる。口の中でどんどん熱くなっていく義行の雄は、どれほど美味しいことか。その昂りに、和久もさらに欲情していく。

——気持ち……いい……。

口腔の粘膜いっぱいに義行の雄をしゃぶれることが気持ちいい。熱い雄でいっぱいにされることが嬉しい。

その代償は、甘い罰だった。

コックリングを嵌められた性器が痛い。張りつめて、早くイきたくて、和久を責めた。

だが、イくのは、義行が和久の中でイッてからだ。それはなんという甘い懲罰《ちょうばつ》なのだろう。

一心に奉仕する和久を、義行は目を細めて見つめている。その視線の強さ、揺るがなさに、和久はさらに熱く熟《う》れていった。

口に含みきれないほどに成長して、もういいと引き抜かれる。

「尻を向けて、こちらに這《は》え」

「……うん」

床に、和久は這いつくばった。四つん這いで、なにもされていないのにもうひくついている蕾《つぼみ》を義行に晒す。

「――痛いほうが、おまえには救いかもしれないな」

そんな呟きが、背後から聞こえた。熱い欲望が、後孔《こうこう》に触れる。

――あ……そんな……。

義行の意図を悟り、無理だ、と和久は叫ぼうとした。いきなり挿れられたら、引き裂かれてしまう。

しかし、振り返ることすら許されず、腰を固定された。

次の瞬間、ビクン、と全身が硬直した。指すら挿れられていない肉襞《にくひだ》を、義行の逞《たくま》しい怒張《どちょう》が情け容赦《ようしゃ》なく犯してきた。

「あ……あ、あぁぁ……そんな……あ、あ……義行さ……いた……いたいぃぃぃ――……っ！」

悲痛な衝撃と共に、後孔を限界まで開かれる。腕がガクリと落ち、見開かれた瞳が床に押しつけられた。口が大きく開き、掠《かす》れた悲鳴が切れ切れに溢れ出る。

痛い、苦しい、熱い。

ギチギチに開かされた後孔いっぱいに、義行の存在を感じさせられる。

「あ、あ、あ……ひぅ……っっ」

グン、と最後の一突きですべてが和久の中に収められた。

引き攣れた後孔がズキズキと痛む。とめどなく涙が溢れた。

「義行さ……んっ……ひぃ……っく……」

「痛いか？　……だが、こちらが萎《な》えて……」

しかし、義行の呟きが中途で止まる。言葉と共に前方に回された手が、まるで萎えていない果実を捉《とら》えたのだ。

ふふ、と義行の低い笑いが背中を打った。

「……これほどのことをされても、まだ萎えないか」

「だって……」

和久は必死で答える。自分の想いを伝えたくて、その一心だった。

痛いのに、苦しいのに、それでも自身が萎えない理由——。

「だって……義行さんならなんでも……なんでも好きだから……好き……義行さ……ん」

ドクリと、挿入された欲望が昂るのを、和久は粘膜《ねんまく》のすべてで感じた。

和久からの愛の言葉に、義行が感じてくれている。嬉しい。嬉しすぎて涙が出る。

「——和久、おまえほど可愛い恋人はいない。リングを弛めてやる。動くから、そのままイけ」

抱きしめられ、花芯のリングを弛められる。スルリと抜け落ちると同時に、下腹部を抱きかかえられた。

「あっ……あぁ、義行さ……っっ！」

強いグラインドで、後孔に埋められた雄芯が動き始める。引き抜かれて肌が粟立《あわだ》ち、突き上げられて脳天が痺《しび》れた。

「あ、あ、あ……やぁぁぁぁ――……っっ！」

数度の抽挿《ちゅうそう》にも和久は耐えられない。ほんの一突き、二突きで反り返ったペニスが暴発する。

だが、それでも義行の奥を突く動きは終わらない。蜜を噴《ふ》き上げる和久の腰をかき抱き、乱暴に抽挿が続けられた。

「いや……やぁ……イく……まだイくぅぅ……っっ」

我慢させられ続けた果実の絶頂が止まらない。二度、三度と、和久は淫らな白蜜を迸らせ続けた。

絶頂が終わっても、義行からの蹂躙《じゅうりん》は続く。

尻だけ高く掲げ、和久は下肢を淫らに揺らした。瞳は中空に向けられていたが、もうなにも見えていない。

よくて。よすぎて、和久のすべてが甘い悦楽で満たされる。溢れ出す。

「あ……あ……あ……あぁ、んっ」

「出すぞ、和久。すべて飲み込め」

「…………あぅぅっ」

言葉と同時に、戦慄《わなな》く花襞を突き上げながら義行の雄が膨張する。

最奥《さいおう》にそれがぐぐっと捩じ込まれた瞬間、和久の奥地で熱い粘液が勢いよく弾け飛んだ。

濡れる。奥の奥まで、義行の精液でマーキングしてもらえる。

和久はブルブルと震えた。

「ぁ……あ……あぁ……いっぱい……出た……義行さ、ん……んん」

「美味いか、和久？」

「ん……うん……うん……美味し……っ」

コクコクと頷き、和久は支配者の欲望をあますことなく味わいつくす。ひくつく襞が義行の充溢に絡みつき、最後の一滴までその胤を絞り取る。

気持ちがいい。猛々しい雄に粘膜が絡みつく感触が、たまらなく気持ちいい。

もっと……もっと犯して――。

その声が聞こえたかのように、即座に怒張を引き抜かれ、身体をひっくり返された。続いて抱き合う形で伸しかかられ、ズブリと後孔に雄を再挿入される。

「んっ……気持ちい……」

「淫乱だな……だが、わたしもいい」

やさしい懲罰の夜は、義行の許しがあるまで続くのだった。

店内に入り、名を告げる。すぐにウエイターが、義行を個室へと案内した。

先に来ていた高瀬川淳一が軽く手を上げて、義行を迎えた。

簡単にアルコールを指定し、義行は席に着く。食事は適当に、淳一が頼んでくれていた。

「どうだ、仕事は？」

お互い顔を合わせればそんな話になる。すでに社会人になって十数年が過ぎて、挨拶のようなものだった。

「多少景気が上向きつつあるのか、融資の申し込みが増えてきたな。このまま上昇気流に乗ってくれるといいんだが」

金融系の資産家で、生家である下條家が実権を握っている銀行に勤務している義行がそう答えると、淳一が肩を竦める。

「ま、そのためにはもう少しエネルギー政策に本腰を入れてもらわないと、せっかくの製造業がますます国外に逃げてしまうが」

淳一は和久の兄だ。下條家と同じく、こちらはM商事を傘下《さんか》に収めている高瀬川家の当主である。

「その絡みで、スィナーク首長国とパイプを作ったのだろう？」

「ああ、和久から聞いたか。――で、どうだ？　あれとの暮らしは」

弟の名が出たのを契機に、淳一が和久の様子を訊いてくる。切羽《せっぱ》詰まった上での決断ではあったが、友人に預けた弟のことを淳一は相変わらず気にかけていた。

義行に言わせれば過保護である。

とはいえ、和久があぁなった事情はあらかた承知しているから、その点は突っ込まない。

ただ、わずかに唇の端を上げて、

「ふふ……可愛いよ、おまえの弟は」

とだけ答える。かすかに、淳一の眉間に皺《しわ》が寄った。荒療治とはいえ、実弟を同性の手に渡したことに、いささかの躊躇いがあるのだろう。

淳一は異性愛者だ。義行や和久のように同性が相手でも平気な心境は、きっと一生わからないだろう。

一方で企業家らしい冷徹な目もあり、和久には義行のような男が必要であることも理解している。

だからこそ、一家でもてあましていた弟を、義行のような男の手に委ねたのだ。

ひとつため息をつき、淳一が天井を見上げる。

「……あれ以来、和久もずいぶん落ち着いた。やはりおまえが合っているのだな」

「簡単なことだがな。いけないことを叱り、良いことをしたら褒《ほ》める。それだけだ」

義行は肩を竦める。

和久に必要なのは、自分という存在から目を逸《そ》らさないこと。長所も短所も等しく受け入れ、愛されていると実感させてもらえることが大切だった。

十歳の頃の、遠慮がちな目をして家族を見つめていた姿が思い出される。生まれてすぐに叔母夫婦のもとに養子に出され、まっとうな愛情を知らないまま育ってしまった彼には、生家といえども無条件には甘えられない場所でしかなかったのだろう。どれだけ甘やかされ、どれほど十年の空白を埋めようとされても、和久の中の孤独は埋まらなかった。

それが成長してからの派手な男女関係に表れたのだが、家族には和久を諫《いさ》めることができなかった。どうしても、可哀想な幼少期を過ごさせてしまったという負い目が拭《ぬぐ》えなかったのだろう。もっとも、憐《あわれ》みがストッパーになっていたのは義行も同じだった。和久を可愛いと思いながらも、その境遇を淳一から聞いたことで、手を出すことはできずにいた。

どうしてやればいいか知りながら、すでに充分傷ついている和久を、義行という同性――しかも長兄淳一の友人という立場の男――と関係させることで、家族からさらに彼を離反させることになったらと躊躇われ、手を差し伸べることができなかった。

そんな義行の背を押したのが、当の淳一だった。

「――おまえには感謝している」

しばらくして唐突に口にした義行に、淳一が驚いたように軽く目を見開く。すぐに、くしゃりと笑みを浮かべた。

「わたしにとっても賭《か》けだった。わたしたちでは、あれが必要とするものを与えてやれなかったからな……。いざとなったら、共に堕《お》ちる覚悟だったのだろう、おまえは」

低く続けられた言葉に、義行は手にしたグラスを軽く揺らして答えた。

「人一人の人生を受け止めるんだ。その程度の覚悟がなければ、友人の弟に手を出すことなどできないだろう。――しかし、そこまでわかっていて、よく和久を任せたな」

「その覚悟がわかったから、弟を任せる気になったんだよ。感謝しているのはこちらのほうだ。和久をそこまで大切に想ってくれて」

そうして軽くため息をつく。悪戯っぽく、淳一が義行に笑いかけてきた。

「しかし、和久はちゃんとわかっているのかね。おまえがそこまで、自分を愛してくれていることを。おまえの十六年越しの熱烈な愛情には、まったく恐れ入るよ」

「毎日、教えてやっている」

ニヤリと義行は応じ、アルコールを一口飲んだ。

淳一は目をグルリと回す。

「まあ、せいぜい仕事に支障がない程度に可愛がってくれ。あれでも仕事に関しては信頼できるんだ。今度のスィナーク首長国との取引でも、相手の王族に気に入られたみたいだしな」

ピクリと、義行の片眉が上がった。

「ハーメド王子のことか？」

「聞いているのか？　なるほど仲がいいな」

淳一がニヤニヤ笑う。

「からかうなよ」

義行は眉をひそめた。実兄公認の関係というのも、こういう時は具合が悪い。和久とはたしかに蜜月といえる日々を過ごしていたが、それを友人にからかわれるのはさすがに気恥ずかしいものがあった。

珍しくムッとした友人に、淳一はますます機嫌を良くする。どちらかといえば鉄面皮《てつめんぴ》な友人を慌《あわ》てさせるのは、ちょっと愉快でもあるようだった。

悪趣味だ。

しかし、貴重な情報源でもある。

続いた淳一の言葉に、義行は神経をそばだてた。

「そういえば、またしばらく和久も忙しくなるはずだぞ。そのハーメド王子が来日するからな。王子相手の接待だ。さぞ振り回されるだろうな、ははは」

蜜月の邪魔をされるだろう程度の意識しかないのだろう。淳一がからかい混じりに笑う。

しかし、義行は内心眉をひそめていた。

ハーメドはただ単に和久を気に入ったのではない。口説《くど》く相手として狙《ねら》いを定めているのだ。

同性の目から見ても和久は魅力的だ。ほどよく筋肉のついた体軀《たいく》は目に快いし、顔立ちもちょっとした俳優ばりに整っている。

本人の性格を反映してか、明るい雰囲気は確実に人に好かれるだろう。

なにより、ここ数か月の和久は精神的に安定したことがいい意味で影響してか、明るさから軽薄な空気が抜けて、信頼できる温かみに変わってきている。

以前にも倍《ばい》して魅力的だった。

――たしか、エネルギー産業省の副大臣だったな、王子は。

義行は淳一に確認する。

「王子は公務で来日するのか？　それとも、私的に？」

「今回のプロジェクトのための来日だ。まあ、半分公務、半分私的というところかな」

「なるほど……」

半分は私的とは、聞き捨てならない。少々和久の手綱《たづな》を引き締める必要があった。

仕事の邪魔をする気はないが、仕事を口実にハーメドが和久との交流を増やす気なのは見え透いている。

――やれやれ……。

魅力的な恋人を持つのも難儀《なんぎ》なものだ。

とはいえ、それだけの魅力がある彼を満足させられるのも、義行だけだった。

淳一と歓談しながら、義行は素早く頭を働かせていった。


「有意義な視察だった。ありがとう」

M商事系列の石油精製プラントの見学を終え、ハーメドが工場長らと握手を交わす。

挨拶が終わるとすぐに和久を振り返る。

「カズヒサ、これと同様のプラントを我が国に建設することは可能か？」

話が聞きたいと続けて、同じリムジンに乗るよう促される。

またか、と和久は内心うんざりしたため息を押し殺した。

リムジン内にはハーメドの秘書も同乗しているが、なんの抑止《よくし》効果もないと和久はすっかり学習していた。

とはいえ、部長たちの日があるため、同乗を拒むことは不可能だった。

「……ご一緒いたします」

すっかりハーメドに重用されている和久を、主任の佐藤が眉をひそめて見つめていたが、和久にはどうしようもない。

そうして車に乗り込めば、ハーメドの隣に座らされる。座れば、太腿《ふともも》にさり気なく手を置かれた。

「……殿下」

声を潜《ひそ》めて注意を促すが、ハーメドは涼しい顔だ。

「日本人は本当にスキンシップが苦手だな」

と笑って、手をどけてはくれない。

対面席に座った男性秘書は無表情のままだ。あらかじめハーメドから和久への関心を言い含められているのかもしれない。

和久の拒絶も気にせず、ハーメドはさらにぴったりと足と足をくっつけてくる。

石油精製プラントへの視察のため、ハーメドの今日の衣服は民族服ではなくスーツだ。そのせいで、より足の接触がはっきりと知覚できて、和久をますます憂鬱《ゆううつ》にさせる。

ハーメドが来日してすぐに、二人きりの時に接触してきた彼に、和久はその気はないと伝えていた。ただ、ハーメドに明るく「まさか！　わたしもそんなつもりはないよ」などと笑い飛ばされてしまったため、それ以上強く「恋人がいる」などと言えなくなってしまった。

それがまずかったと、和久は思っている。

もっときっぱりと、自分には恋人がいると言ってしまったほうがよかったかもしれない。そうしたら、ハーメドもこんなセクハラまがいのことを仕掛けてこなかったのではないかと思えるのだ。

本当に、ハーメドにその気はないのだろうか。

いいや、そんなことはないと和久の勘が告げている。

「なかなかいい筋肉のつき方をしているな、カズヒサ。なにか運動でもしているのか？」

サワサワと内腿まで触りながら、ハーメドが言ってくる。性感を刺激するような撫で方だった。

その手首を摑んで、和久は答える。

「健康のためにジムに通っております。殿下、それ以上は……」

柔らかな言い方だがきっぱりと、和久はハーメドに手を離してくれるよう頼んだ。

しかし、ハーメドは和久の内腿を撫でて、動かない。

「殿下……」

「では、今夜一杯相手をしてくれるなら、離してやろう。どうだ？」

からかうように微笑んで、和久の顔を覗《のぞ》き込んでくる。

和久は返事にぐっと詰まった。昨夜も、どうしても晩酌《ばんしゃく》を付き合えと言われて、ハーメドのスィートに上がらされている。

カクテルを一杯、それだけで退出を許されたが、その一杯の間にどれだけハーメドに熱く見つめられたことか。

その気はないと明言したが、ハーメドの誘いは明らかだった。それが和久を困らせる。

そうして帰宅すれば、義行に甘く罰される。

昨夜などは泣いて頼んでも挿れてもらえなかった。口で奉仕することだけ許されて、義行を口内で感じながら、和久もどれだけ昂ったことだろうか。

義行が口に放つのとほとんど同時に達してしまった時には、自分がどれほど義行という男の甘い罠に囚われているのかまざまざと思い知らされ、恥ずかしかった。

――ホント……フェラだけでイくなんてな……。

和久の数ある経験でも、義行以外ではなかったことだ。けれどそれだけ、義行を愛しているということでもある。

義行にされることならどんなことでも、和久にとっては悦びでしかなかった。

――そうだよな……。そういう義行さんを裏切ることなんてするべきじゃないよな。

裏切るというと大袈裟《おおげさ》だが、ハーメドに対してこのままの状態でいることは、義行に対して不誠実だろう。

今日こそわかってもらおう。

ため息をついて、和久はハーメドを見上げた。ハーメドが軽く首を傾《かし》げる。

「今夜も、付き合ってくれるだろう？」

そう言うハーメドに、和久は意を決して口を開いた。

「――申し訳ありません、殿下。殿下のお気持ちはありがたいのですが、わたしにはお応えすることができません」

「わたしの気持ち？」

ふふふ、とハーメドが小さく笑った。面白いと言いたげな笑いだった。

本当はわかっているくせに、と和久は内心腹が立つ。

だが、怒りを見せてはこちらの負けだ。あくまでも仕事に影響を与えないように留意しつつ、ハーメドにこれ以上の悪戯をやめさせなくてはいけない。

ハーメドが猫の仔《こ》をくすぐるように、和久の顎《あご》を指先で撫でた。

「わたしがどういう気持ちだと、カズヒリは考えているのかな？」

「殿下は、わたしを……」

しかし、いざ言おうとして、和久は口ごもる。乗せられて、ハーメドの真意を言葉に出してしまうところだったと悟る。

はっきりと口に出し、ハーメドに恥をかかせるのはうまくない。振られたという形を取るのではなく、あくまでも和久には恋人がいて、諦めなくていけないのだと言外で悟らせる形でなくてはまずい。

今なら、まだなにも言葉にされていない。最初に、その気はないと明言されてもいるし、あえて大事《おおごと》にするべきではない。

もっとさり気なく、ハーメドのやる気を削がなくては。

そうでなくては、プロジェクト自体に多大な影響が出てしまうかもしれない。

このプロジェクトでは数百億からの資金が絡んでいる。それが、自分の一言で不意になる危険に、和久は自制を求める。

中東での王族の権力の強さ、その気まぐれさもよく知っている。

さらにこのプロジェクトには多くの人が絡んでいた。その人々の尽力を、自分の一言で無にしてしまってはいけない。

――くそ……っ、冷静になれ。

和久はキュッと、唇を引き結んだ。ハーメドに、自分がまんまと振り回されていることが忌々しく、舌打ちしたくなる。

以前の自分であれば、この程度の誘いなど難なく振り払えたであろうに、なにを初心な反応をしているのだ。

大きく息を吸い、和久は口を開いた。

「……申し訳ありません。ただわたしはその……このような過剰《かじょう》なスキンシップには慣れておりませんので……」

フッと、ハーメドが鼻を鳴らす。

「もしかしてカズヒサは、同性に口説かれたことがある？　では、悪かったね。すっかり君を警戒させてしまった。怒ってしまったか、カズヒサ？」

肩に腕を回され、顔を覗き込まれる。

――嘘をつけ。

和久は心中でハーメドを罵《ののし》った。白々しい言い訳だと、はっきりわかっている。

だが、ハーメドはまだ、口に出して和久を求めてはいない。

この曖昧《あいまい》な状態のまま、なんとかハーメドに諦めてもらわなくては。

内心の苛立ちを押し殺しながら、和久は困惑した男の顔で微笑む。

「いえ、実は最近帰宅が遅いので、恋人がやきもきしておりまして……」

気弱さを装いながらもはっきりと、恋人の存在をアピールする。

これで王子も察してくれないだろうか。遊びのわかる男なら、深追いは禁物だと理解できるはずだ。

しかし、ハーメドは和久の恋人の存在など歯牙にもかけないようだった。大袈裟に両手を広げ、さも気の毒そうに首を振る。

「ああ、恋人に責められて、少々神経質になっていたのだな。それは気の毒に。では、その恋人にこう言っておくといい。われらアラブの者は異性との付き合いがままならぬ分、同性同士での交友が濃いのだと。知っているか、カズヒサ。われらの国での友との正式な挨拶は、ここへのキスであるぞ」

自身の唇を指差し、ハーメドがニコリと微笑む。

――ああ、もぅ……こんな奴を紳士なほうだと思っていたなんて……！

中東の王族としては話がわかるほうだと考えていた自分の甘さに、和久は臍を噛む。

これ以上、どう相手のプライドを傷つけないように、断ったらいいのだ。

青褪めた和久に、ハーメドが笑声を上げる。

「ははは、そう慌てるな。本当はカズヒサともキスの挨拶をしたいところだが、日本の習慣を尊重してこらえてやろう。だから、せめて晩酌程度は付き合いなさい」

忌々《いまいま》しい交換条件だ。

だが、こうなってはとりあえず頷くしかなかった。これ以上抗《あらが》えば、ハーメドは友情にかこつけて、本当に唇にキスをしかねない。

そういう和久の懊悩《おうのう》も、この男は楽しんでいるに違いない。

——キスなんて……できるわけないじゃないか。

慎重にハーメドと距離を置きながら、和久は承諾《しょうだく》した。

「かしこまりました。では、晩酌だけ」

「それでいい。日本にいる間、充分にわたしを楽しませてくれ、カズヒサ」

上機嫌を見せるハーメドに、和久は今一度ため息を噛み殺した。

「ふぅ……」

エレベーターの中で、和久はハーメドに握られていた手を忌々しい思いで振った。そうすることで、ハーメドの手の感触が取れるといいのだが。

アラブ式の濃い友情——。

今夜何度、この言葉を言われただろう。

ぴったりくっついて座ってもアラブ式の友情。

手を握ってきてもアラブ式の友情。

肩を引き寄せるのもアラブ式の友情。

昼間、和久をやりこめたハーメドはやりたい放題だった。

だが、と和久は自分に言い聞かせる。友情を盾にしても、これ以上にはハーメドも行為を進められないはずだ。さすがにソファなどに和久を押し倒せば、アラブ式の友情だという言い訳も効かなくなる。

仕事相手だからセクハラ行為を拒めないが、しかし、仕事相手だからこそ強姦までの行為には及べない……はずだ。取引相手の担当者を強姦となれば、さすがに問題になる。その程度のわきまえは、ハーメドにもあるはずだった。

というより、そのわきまえがあるからこそ、セクハラに及んでいるのかもしれない。せめてセクハラだけでも、ということだ。

ハーメドの滞在日程はあと五日ほどだった。この五日をなんとかやり過ごせば、和久も解放される。

「それにしても……」

自分も柔《やわ》になったものだ、と和久は思う。義行という絶対の恋人が存在しない時には、あれほど男といわず女といわず手玉に取ることができていたのに、恋人ができたとたんなにもかもがグダグダた。

あの頃、自分はいったいどうやって彼ら、彼女らを手玉に取っていたのだろう。

ロビー階に着いたエレベーターから降りながら、和久は首を捻る。

――ハーメドみたいな自信家タイプか……。

雄としての自信に溢れ、自分の求めを拒む相手がいるなんて夢にも思っていないような男だ。

仮に今回の和久のように釘を刺しても、煙《けむ》に巻いて逃げ出させない。時間をかければ、いずれ和久ものにできると考えているのだろう。

金も地位も、加えて大人の男の渋みのある容姿にも恵まれている。

――そう……そういう相手だったら……。

和久は考える。かつての自分なら逆に……彼を誘惑したか？

誘惑に乗ったふりをして、反対にハーメドを翻弄《ほんろう》する。適当にあしらって、でも、仕事相手に身体の関係は作らせず、帰国の飛行機に乗せたはずだ。

「すみません、タクシーをお願いします」

出入口でドアマンにそう依頼して、和久はまたため息をつく。

誘惑なんて、今の自分にできるわけがなかった。義行以外の男に媚態を？

考えられない。

それに、そんなことをしたら、義行がどれほど激怒するかわからなかった。

あまりに怒りすぎて、もう叱ってもらえなくなったらどうしよう。

呆れられて見捨てられるのが、和久は一番怖かった。『怖い』なんて、義行とこうなってから初めて知った感情だ。

恋人に見捨てられるのが怖い。尻の軽い奴だと軽蔑されるのが怖い。

全幅を置いて誰かを愛するということには、全身に沁《し》み渡る心地よさがあった。生まれて初めて感じる安心感があった。満たされることの幸福があった。

だからこそ、もしもそれが失われたら——の恐怖がある。しかも、自分の過失で。

誤解されるようなことはけしてしたくない。このギリギリの境界線を死守しなくては。

すぐに呼び出されたタクシーに乗車して、M商事ビルまでと和久は運転手に告げた。まだ残っている業務を片付ける必要があった。ハーメドの相手をしている間に溜まってしまっただろう伝言などを処理してからでないと、今夜もとても帰宅できない。

今は義行のほうの仕事は余暇のある時期だから、時間が合わないこと甚《はなは》だしかった。

——あーあ……。

昨夜の仕置きで、身体が疼いている。挿入してもらえなかった欲求不満で、昼間もともすると身体が熱かった。

義行と繋《つな》がって、ひとつになりたい。抱き合って、なにもかもを溶け合わせて、すべてが義行だけになってしまいたい。

自我すらも蕩けるようなセックスは、義行としかできなかった。こうして一人でいると、どうして義行と自分が別々の肉体でいなくてはいけないのか、残念でたまらなくなる。

しかし、今夜も最後まではしてもらえないかもしれない。

——さんざん、ハーメドに触られたものな……。

その上、拒絶にも失敗した。

和久は俯《うつむ》く。絶対、義行は許してくれないだろう。いや、許してくれては困る。それだけいけないことをしてしまったのだから。

そんなことをつらつら考えている間に、M商事ビルに到着する。

代金を払って、和久はタクシーを降りた。

人気のないロビーを通り過ぎて、エレベーターの前に立つ。もう十一時を過ぎていた。残業している人も少ないだろう。

アルコールが入ったせいで生欠伸《なまあくび》をしながら、和久は下りてきたエレベーターに乗り込んで、自部署に向かった。

と、フロアに入ると明かりが見える。佐藤だった。

「お疲れ様です、主任」

頭を下げて、和久はデスクに腰を下ろした。ハーメドが和久を指名して以来、佐藤とはなんとなく気まずい。主に佐藤が素っ気《そけ》なくなっているのだが、和久にはどうしようもなかった。

「遅くまで付き合ったんだな、高瀬川」

珍しく、佐藤が応じてくれる。

「ええ……はい。なんか、年下なのが使いやすいのかもしれないですね」

なんとはなし、そんな言い訳を付け加える。佐藤とはこれからも同じ部署なのだし、できれば険悪な関係にはなりたくなかった。

と、佐藤が苦笑した。

「悪かったな。気を遣わせて」

「主任……」

こうなってから初めての気安い言葉に、和久は顔を上げる。ホッとした思いが顔に表れていたのだろう。佐藤がきまり悪げに肩を竦めた。

「明日は、もう少しおまえのサポートに回れるようにしておく」

これは和解と考えていいのだろうか。

疲れるばかりだった一日の最後に訪れた明るい兆しに、和久は破顔した。

「ありがとうございます。よろしくお願いします」

立ち上がり、ペコリと頭を下げる。それを「よせよ」と佐藤が遮る。

「いや……なんかあの王子、まずい感じだったからさ。今日……おまえの腰を抱こうとしていただろう？」

上目遣いにヒソリと言われる。

和久は硬直した。たしかに、現場視察の折、洗面所への案内で二人きりになった隙に腰に腕を回されかけた。まさかそれを佐藤に見られていたとは。

困惑した表情で、佐藤が続けてきた。

「それでさすがに……ちょっとな。気をつけて見ていると、どうもやたらおまえに触ろうとしているし……。おまえに王族との繋がりを取られたと、そんなことばかり考えていたが、おまえはおまえで……な？　気がつかなくて悪かった。大丈夫か、高瀬川」

つまり、ハーメドからの危険を察して、佐藤は態度を軟化させてくれたのか。

まずいところを見られたことが恥ずかしい。

しかし、知ってもらえたのは、かえってよかったかもしれない。少なくともこれで、佐藤は和久の味方になってくれる。

「……ありがとうございます。ちょっと、その……困ってました」

「だよな。ま、あと五日だから、なんとか乗り切ろう。それだけ言いたかったんだ」

そう言うと、佐藤はデスク回りを片付けだす。本当にそのためだけに待っててくれていたようだった。

和久はもう一度、頭を下げた。わだかまりがあっただろうに、それを押しとどめてくれた佐藤に感謝の念が湧き上がる。

「ありがとうございます」

「――じゃあ、あまり長居するなよ。ほどほどで帰れ」

そう言って、佐藤は退社していく。

ひとつ懸念が片付いて、和久はホッとした思いで椅子に座った。

二日後――。

歌舞伎《かぶき》見物に付き合いながら、和久はまたもや手を握ってくるハーメドに耐えていた。

あらかたの視察も終わり、あとは日本観光だけだ。歌舞伎のあとには銀座《ぎんざ》で買い物、と和久はこの日の予定を頭の中で確認する。

舞台上の派手な動きに、ハーメドが「おぉ……！」と感嘆《かんたん》の声を上げている。握っていた手が離れ、グイと肩を抱かれた。

「で、殿下……！」

なんとか身体を離そうとするが、感動にこと寄せて、ハーメドは和久を離さない。

「素晴らしい！　だが、日本の観客はなぜ、もっと声を上げないのだろう。ブラボーと言うべきだ」

「あの……屋号《やごう》を叫ぶことはあっても、ブラボーは歌舞伎にはありませんので」

「その屋号というのは、いつ言ったらいいのだ？」

肩を抱き寄せた状態で、ハーメドが次々と質問してくる。

幸い付き合いで、子供の頃から歌舞伎を観る機会があったので、和久は細々《こまごま》とした説明をハーメドにできた。

しかし、中途で秘書が入ってくる。

「殿下……」

今まで話していた英語ではなく、アラブ語でハーメドに何事か報告する。
見る見るハーメドの表情が険しくなった。
なにがあったのだろう。
チラリと、ハーメドが和久を見下ろした。
「大変なことをしてくれたな」
それが、ハーメドの第一声だった。

§第三章

血相を変えて、和久は会社に戻った。なにがあったかハーメドは答えてくれず、「会社に戻って、プロジェクトの後始末でもするのだな」とだけ言われて、帰された。

ハーメドと別れてすぐ、和久はチームに連絡を入れた。少しでも早く、状況を知りたかった。

そうして、絶句する。

「そんなことを……！」

馬鹿な、としか言いようのない出来事だった。

問題を起こしたのは、スィナーク首長国に駐在《ちゅうざい》している社員の家族だ。王族の茶会に招かれた際の写真を、ブログに公開してしまったのだ。

イスラムを国教とするスィナークでは、茶会であっても男女を別にして開催される。

家族で招かれた件《くだん》の社員は、男性社員と息子は男性側、妻と娘は女性側の茶会に出席した。

その際、女性側の茶会に出席した娘が、同席した同じ十代の王族の少女と意気投合し、様々な写真をデジカメで撮影した。

そこまではまだいい。問題はそのあとだ。

女性ばかりの場所のため、スィナーク側の女性たちはアバヤを身に着けていない。普段街中ではまず見られない、アババヤの下の美しい刺繍《ししゅう》の施《ほどこ》された民族衣装を、娘は素敵だろうと自分のブログに上げてしまったのだ。

むろん、スィナークで写真を撮る際の注意は父親から受けている。

この場合、王族女性の承諾を得てのものだったから、写真撮影自体に問題はなかった。

ただ、父親も娘がブログをやっているなどと知らなかったことがまずかった。

まだ中学生年齢の娘は、写真撮影の許可＝ブログにも上げてもいいと解釈してしまったようなのだ。

大変な問題であった。

上げられたのは、王族女性の写真だ。しかも、素顔が晒されている。

事態が発覚し、すでにブログから記事は削除されているが、それで問題が収まるわけではない。

スィナーク側は激怒し、プロジェクト契約破棄《はき》の可能性すら出ていた。

まだ日中で帰社した和久に、プロジェクト主任の佐藤が目を見開く。

「殿下に帰れと言われたか？」

すぐに事情を察し、そう訊かれた。

和久は頷いた。

「プロジェクトの後始末でもするのだな、と言われました。主任、スィナークではどうなっていますか？」

「問題の駐在員には謹慎を言い渡した。実際、外出してなにかあっても危険だからな」

「そこまで……」

和久は言葉を失くす。

佐藤は軽く手を振った。

「いや、念のためだ。幸い、ブログへのアクセス数は少数で、プロバイダにもすぐにデータの削除を依頼したから、王女の顔を見た人間はほとんどいない」

「スィナーク人で王女の顔写真を見た人間は……？」

そこが重要だった。不特定多数のスィナーク人に王女の姿が見られていたとなると、下手をすれば国際問題になる。

佐藤は大丈夫だと頷いた。

「ブログを見たのは、当の王女とその親族だ。茶会で親しくなった娘にブログのアドレスを教えられていたらしい。それで見にいったら、自分の写真があって驚愕《きょうがく》した、というわけだ」

「それでは、不特定多数のスィナーク人に見られたわけではないんですね。よかった」

不幸中の幸いに、和久は胸を撫で下ろす。写真はすぐに削除されたというし、傷口は最小限に抑えられたといえる。

だが、スィナーク側にとっては大問題だろう。いくら不特定多数の男たちの目に晒されなかったとはいえ、未婚の王女の姿がネットに上げられたのだ。

この失策をどう挽回《ばんかい》したらいいか。

佐藤がクシャクシャと髪を掻《か》いた。

「しかし、あちら側は大激怒だ。未成年のお嬢さんに悪気はなかったとはいえ、あちら側では名誉にかかわる問題だ」

「……課長は？」

問いかけると、部長を巻き込んでの対策会議中とのことだった。

「下手をすると、このプロジェクト……ぽしゃるぞ、高瀬川」

佐藤の表情は険しい。プロジェクトリーダーの佐藤は、これが失敗に終われば当然責任を問われるだろう。部下の駐在員の家族がしたこととはいえ、監督不行き届きという追及は免《まぬが》れない。

課長も、それにもしかしたら部長レベルにまで処罰が下されるかもしれない。

――オレも……。

高瀬川家の一員である和久も、チームのメンバーである以上、目零《めこぼ》しはされないだろう。いやむしろ、将来M商事のトップになるだろう長兄・淳一がいるからこそ、その足を引っ張るために利用されかねなかった。

和久たちの父親は、数年前に死亡している。父が生きていれば、もっとスムーズに淳一の道は開けただろうが、父亡きあと、隙あれば妨害しようとする人間が淳一の周囲には少なからずいた。

淳一を突き落とせば、それだけ高瀬川家以外の人間にチャンスが増えるのだ。特に、淳一と同年代の社員にとっては、自分が取締役、あるいはそれ以上になるために、淳一が潰れてくれたほうが嬉しい。

――オレが……淳一兄さんの足手纏《まと》いになる……。

和久は拳《こぶし》を握りしめた。

さんざん好き勝手をして家族に苦々しい思いをさせてはきたが、だからといって素直に両親のもとで育ってきた兄たちを憎んでいたわけではない。

噛み合いはしなかったが充分愛され、気遣われてきた。

義行という安定した恋人を得て、和久にはそれがよくわかるようになっていた。以前の自分がどれだけ身勝手であったかも。

それなのに、不慮の事態とはいえ、淳一の足を引っ張る立場になろうとは。

それに、と和久は暗い顔をしているプロジェクトチームの面々に視線を向けた。これだけの大きな失敗となると、彼らにももう出世の道は開かれないことになる。あるいは窓際に回され、遠回しに辞職を迫られる人間が出るかもしれない。

佐藤にもそれがわかっているのだろう。だが、厳しい顔をしつつもせめて少しでも傷を小さくしようと、必死にスィナークの有力者とコンタクトを取ろうとしている。

自分も、なにかできることをしなくては。

和久はデスクに飛びついた。資料を捲《めく》り、同僚と知恵を搾《しぼ》る。

「王女の写真は親族以外は見ていないのだよな。それなら、王族の有力者からなんとか口をきいてもらって……」

活発な議論が始まる。

そうしている間に、会議に出ていた課長が部長と共に戻ってくる。

「佐藤君！　早急にスィナークに飛ぶことにした。我々と一緒に、君も来るんだ。君が、このプロジェクトのリーダーなのだからな！」

「はい、部長！」

上の人間と共にスィナークに渡り、事態の収拾を図るのだろう。ハーメドの求めで直接の窓口から外されても、リーダーは佐藤だった。

――ハーメド……。

和久は、さんざん自分にセクハラをしかけてきた王子の姿を思い浮かべた。

ハーメドも、スィナークの有力者だ。若くして副大臣を拝命し、将来を嘱望《しょくぼう》されている。

もし、ハーメドに口添えしてもらえたら――。

同じことはすでに考えられていたのか、部長が和久に言ってくる。

「高瀬川君、君はハーメド殿下に気に入られていただろう。君からも殿下に働きかけるんだ」

「部長、それは……」

佐藤が部長を制止しようとする。ハーメドの真意を察している佐藤からすれば、それは和久を人身《ひとみ》御供《ごくう》に差し出すのと同義の命令だと思ったのだろう。

しかし、和久は佐藤を止めた。心遣いはありがたいが、今それを口にしたら、佐藤の心証がよけいに悪くなる。

「主任、大丈夫ですから」

「しかし、高瀬川……」

「どうしたんだ？」

部長が眉をひそめて訊いてくる。それに急いで、和久は「なんでもありません」と返した。

「殿下はかなり我儘《わがまま》な方なので、主任はそれを心配してくれたのだと思います」

佐藤のためにそう付け加える。自分を庇《かば》おうとしてくれた佐藤の立場を、これ以上悪くしたくなかった。

それを金の心配と受け取ったのだろう。部長が、「贈り物が必要なら、金に糸目をつけるな」と言ってくる。

「はい、全力を尽くします」

和久は頭を下げた。

佐藤が心配顔でこちらを見ている。それに大丈夫だと頷き返し、和久はデスクに戻った。

夜まで同僚たちと打ち合わせを重ねたあと、和久は会社を出た。

昼のうちに、ハーメドに連絡を取っている。

——どうしても謝罪に伺わせてほしい。

ハーメドの声は冷たかった。しかし、最後には和久との面会を承諾してくれた。

ハーメドになにを要求されるか。

不安はあった。ハーメドのほのめかしは露骨であったし、ギリギリの攻防で自分はその求めをかわしていたにすぎない。

ハーメドが紳士だとは、もう思っていない。

それこそはっきりと、今夜こそは和久自身を求められるかもしれない。あるいは、和久のほうから自分を差し出しますと言わされるか。

地下鉄に乗って、ハーメドが宿泊しているホテルに向かいながら、和久は腕を押さえて、乗降口のガラスにもたれた。

頭に浮かぶのは、義行だ。今から和久がすることをもし義行が知ったら、ひどく怒らせることになるだろう。

自ら危険に飛び込むのだ。

ハーメドが簡単にM商事側を許してくれるとは考えにくいし、代償を求められるのはある意味当然だった。

だが、身体は差し出さない。そのことだけは最初から決めていた。

しっかりしろと、和久は自身を叱咤《しった》する。義行との蜜月でのぼせた頭を、この一時だけ以前のものに戻すのだ。

男を手玉に取ったことはあっても、手玉に取られたことはなかった。

失敗したのは義行だけで――。

ハーメドは義行ほど手強《てごわ》い相手ではない。もの欲しげに和久を欲しがる雄の一人にすぎない。

ならば、翻弄する術《すべ》は和久のほうにある。

ホテルと繋がっている停車駅で、和久は電車を降りた。地下からホテルに入る。

時計を確認して、エレベーターに乗った。

高速エレベーターはあっという間に和久を、ハーメドの宿泊するスイートの階に運ぶ。

ワンフロア貸し切りのそこでＳＰの確認を受けて、和久はハーメドのスイートに通された。

「お会いしていただき、ありがとうございます、殿下」

まずは丁寧に頭を下げる。

通されたリビングゾーンで、ハーメドは傲然と足を組んでソファに座っていた。服装は、ハーメドをいっそう堂々として見せるアラブの民族服だ。スーツよりもこちらのほうが楽なのだろう。どうしても以外の場合、ハーメドが民族服を着用している率は高かった。

ここからが正念場だった。

ハーメドは和久に席を勧めない。自分が充分に怒っているのだと知らしめるためだ。

今回の失態は、それだけの態度を取られても当然のものだった。

わずかにハーメドの近くに歩み寄り、和久はまずは謝罪する。

「申し訳ありません、殿下。今回のこと、深くお詫《わ》び申し上げます」

「謝罪ならば、昼間、そちらの役職者からも受けた。だが、謝って済む問題ではない。わかっているな？」

厳しい顔で、ハーメドが和久に視線を向ける。

和久は再度、深々と頭を下げた。

「こちらの教育不足です。王女殿下には大変なご迷惑をおかけいたしました」

そうしてから、控えめに王女の様子を訊《たず》ねる。

「王女殿下におかれましては、さぞ御不快であられたかと……。ご体調などに差し障《さわ》りがないとよろしいのですが。——さしあたりまして、当方で調査した限りでは、スィナーク人からは王族の方々からのアクセスのみ確認しております。一般のスィナーク人には王女殿下の画像は洩れておりません。あとは、問題となったブログの主の友人が数人のみです。もちろん日本人の。そちらの端末にも、写真についてはデータが残っていないことは確認しております。不特定多数の人間に王女殿下のお写真が拡散することは、まず防げたのではないかと思います」

「言い訳か？」

「いえ、できるだけ事態の経過をお話しすることで、王女殿下の不安を少しでも軽くできればと思ったまでです。なにより、王女殿下にお気持ちを安んじていただくことが大切ですから」

誠意を込めて、和久はハーメドに説明した。

ハーメドが額に軽く手を当てて、クックッと笑う。

「……なるほど、まずは当事者の気持ちを慮《おもんぱか》る、か。日本人らしい細やかな気遣いだ」

「恐れ入ります。スィナークの基準で大変なことをしでかしてしまったと、重々承知しております。なにとぞ、王女殿下にご安心していただけるよう、ハーメド殿下からもお伝えしていただければ、幸いです」

「わたしに、あれの父親との繋ぎを取れと？」

ソファの背にもたれて、ハーメドが面白そうに和久を見遣る。巧みに自分の望む方向に会話を進めていく和久に、興趣をそそられているようだった。

とんでもない、と和久は即座に否定した。ハーメドの目を見つめ、嫣然《えんぜん》と微笑む。

「そのような下心など、少しも……。ただ一刻も早く、王女殿下のお心から不安を取り除ければとの一念です。謝罪ならば、明日の便で部長以下数名の者がスィナークに向かいます。わたしのように下の者では、正式な陳謝《ちんしゃ》にはなりません。違いますか、殿下」

口では望みを否定しながら、和久はすっとハーメドのいるソファに歩み寄り、その足元に膝をついた。

見上げる形で、ハーメドの視線を捕らえる。思いがけない和久の積極的な行動に、ハーメドは魅人られたように和久を見下ろしていた。

相手を翻弄したければ、常に主導権を握っておくこと。

フッと、ハーメドが微笑した。腕を差し伸ばし、膝をついている和久の頰を撫でるように片方だけ包む。

和久はそれを拒まなかった。拒むどころか反対に、軽くその掌に頰を擦りつける。

ハーメドが驚いたように目を見開いた。

すかさず、口を開く。

「殿下、どうぞ調査の結果を一刻も早く王女殿下にご報告を――」

「……明日、おまえの上の者がスィナークに渡航する前に、か？　そうしておけば、スィナークに着いた彼らも、ずっと交渉が楽になる。それをわたしに無償でと？」

最後の一言は、掠れた囁きだった。

ドクン、と和久の鼓動が高まる。ここで対応を間違えれば、和久はハーメドにすべてを奪われることになる。

だが、身体は渡さない。ギリギリの交渉をするのだ。

頰を包んでいた掌を、和久はそっと離した。小さくため息をついて、ハーメドを残念そうに見遣《みや》る。

「やはり、殿下はビジネスにセックスを介在させる方でしたか。殿下はそうではないと信じておりましたが……」

「信じて？　わたしを疑っていただろう、君は」

ハーメドが笑いながら、大きく両腕を広げる。

もちろん、ハーメドの意図はわかっていた。ハーメドの側がはぐらかしていただけだ。

だが、それを逆手《さかて》に取って、和久は首を左右に振って、立ち上がった。

「友情、なのでしょう？　殿下は何度もそう仰《おっしゃ》っていたではありませんか。わたしは信じましたよ。

ええ、殿下は高潔な方であられると、信じました。いけませんでしたか？」

そう言いながら、暑いとでもいうふうに、ネクタイをわずかに弛める。

軽く喉を反らせると、ワイシャツの隙間から覗く喉元の肌を、ハーメドが見つめているのがわかった。

──もっと……理性を奪え。

感情的にさせればさせるほど、ハーメドは和久の掌の上で踊る駒《こま》になる。ハーメドの心を翻弄して、和久が主導権を握るのだ。

首を軽く振りながら、和久はジャケットの裾を右手でかすめた。

一瞬、ジャケットの前が開く。

その一瞬に、ハーメドが目を瞠《みは》った。

「それは……！」

すかさず、和久はジャケットの右をさらに開いた。

下着は身に着けていない。だから、ルビーの飾りのついたあれが、ハーメドには透けて見えているだろう。

そこを、和久は思わせぶりに指先で撫でた。

「ああ、気づかれましたか。ピアスです。恋人がつけてくれました」

コクリ、とハーメドの喉が鳴るのを、和久は息詰まる思いで感じ取った。

釣られろ、そう念じる。

「君は……そこまで恋人に許しているのか……」

悠然と、和久は微笑む。

「ええ、恋人ですから。ここのピアスをつけ替える役も、彼です」

そこまで言って、和久はジャケットを元の形に素早く戻す。ワイシャツから透けるピアスが見えなくなっても、ハーメドはその部分の凝視《ぎょうし》をやめなかった。

雄には誰にでも、独占欲がある。和久の恋人が同性で、その同性の恋人からピアスという所有の印《しるし》をつけられている和久に、ハーメドの欲望はかなりのところまで刺激されただろう。

あるいは夜ごと、胸を弄られながらピアスを交換されている和久の姿を思い浮かべているのかもしれない。

もっとも、簡単には和久は手に入らない。

「殿下……」

そっと、ハーメドの肩に手を置く。思わせぶりに、しかし、これ以上の情欲は煽《あお》らない程度に抑制を効かせて。

「王女殿下にご連絡を。御父君でもかまいません。ハラハラしておられるだろう王女殿下がお可哀想でしょう」

「――まいったな。すでに男を知っていたか」

しかし、続いた低い呟きに、和久はハッとなる。本能的に危険を感じた。

飛び退って、ハーメドから離れようとする。

だが、それより早く、手首を掴まれた。さっきまで魅入られた風情《ふぜい》であったハーメドの濃いブラウンの瞳が、不敵なそれに変わっている。

見誤ったか。

和久は唇を噛んだ。

「乳首にピアスとは、なかなか味なことをする恋人だ。ぜひ、そのピアスをじかに見せてもらいたいものだ、カズヒサ」

「で、殿下、お放しくださぃ……っ、あっ！」

グイ、と手首を引かれ、和久はソファに倒れ込んだ。あの大柄《おおがら》な身体で信じられないほど素早く、ハーメドが和久に伸しかかる。

「殿下っ……やめ……っ！」

引きちぎる勢いで、ワイシャツの前を開かれた。さっきシャツ越しに見せた胸が露わにされる。

「ほぉ……」

掠れた感嘆の声が、ハーメドから零れた。桜色の胸を貫く金属の飾りを凝視される。

「なんと可憐《かれん》な色をした乳首か……。それに紅い宝玉がなんとも妄《みだ》りがましい」

「やめ……んっ」

ツン、とピアスの嵌められた乳首を、ハーメドの指に弾かれた。刺激に、もう片方の胸の粒《つぶ》も硬くなる。

ハーメドが低く笑った。

「なるほど、淫らだ。さすが男を知っているだけはある。——残念だったな、カズヒサ。たしかに、わたしはおまえに惹《ひ》かれているが、魅力的な相手に振り回されてやるほど単純な男ではない。おまえの知る安い男と一緒にされるとは、心外だな」

「……っ」

和久は唇を噛みしめた。翻弄してやる意図を見透かされていたことに、頬が紅潮する。

義行との蜜月で、勘が鈍ったのか？

だが、このままハーメドの下にいては、義行に顔向けできない事態になる。さらに言えば、和久は仕事に枕営業を持ち込んだことはない。様々な男女たちと遊んでいた時であっても、そんな手段は論外だった。ましてや、義行という恋人がいる今、できるわけがない。

まずい。逃げなくては。

「放せ……っ！」

和久はもがいた。しかし、ハーメドはしっかりと和久の上に乗り、逃げを許さない。それどころか哄笑《こうしょう》して、和久の胸に唇を落とそうとしてくる。

「わたしを誘惑するつもりだったのだろう？　ならば、美味しくいただかせてもらおう。男を知っているならば、最後までできるな？　恋人のモノとわたしのモノとどちらがいいか、とくと比べてみるがいい」

「いやだ……殿下！」

胸をチュッと吸われる。ゾワリとした嫌悪が込み上げた。

いやだ。義行以外の男となんてしたくない。自分を抱いていいのは義行だけだ。

だが、この場で和久を助けてくれる人間はいない。ハーメドの秘書は呼ばれない限り来ないだろうし、外にいるだろうSPたちも主人の遊びを止めはしないだろう。

必死にもがくが、力でハーメドに押さえ込まれる。

絶対絶命だった。どうしてハーメドを翻弄できるなどと思ったのだろう。愚《おろ》かな自分を後悔する。

しかし、兄や同僚たちを失脚させたくなかった。できることがあるなら、力を尽くしたかった。自分を気遣ってくれた佐藤のためにも、力を合わせてきたチームの仲間のためにも、チームの一員として、自分にできることをしたかった。それがこんなことになるなんて――。

「それでわたしを拒んでいるつもりか？　ふふふ」

「………っく！」

両腕を、片手一本で頭上で押さえつけられ、胸元をさわさわと触られる。下肢はしっかりと足でホールドされていた。

もうダメだ。逃げられない。

――義行さん……ごめん……！

和久はギュッと、目を閉じた。

§第四章

室内に、携帯電話の着信音が響いた。

甲高いメロディに、ソファの上の和久もハーメドもビクリとする。

ハーメドが面倒そうに舌打ちした。

「カズヒサ、逃げても無駄だぞ。わかっているだろうが、外にはＳＰがいる」

そう言いながらも立ち上がったのは、着信音から相手が特定できるからだろう。ハーメドが断れない相手なのだ。

震えながら、和久はワインシャツの前をかき合わせた。

わずかだが、猶予《ゆうよ》ができた。なんとかこの隙に、挽回の手段がないか考えるのだ。

必死に、和久は自身を叱咤する。

ハーメドはチラリと和久を横目に見ながら、通話を始めた。

「――どうした、ジャリル。珍しいじゃないか」

アラビア語の会話は、和久にはよくわからない。しかし様子から、ハーメドとかなり親しい関係の相手のようだった。

最初は和《なご》やかに続いた会話が、途中から慌てたものになる。

「今から？　……しかし……ああ、まったく相変わらず気ままだな……わかった、わかったよ」

最後はため息をついて、ハーメドの通話は終わった。

和久は油断なく様子を窺《うかが》う。

と、腕を摑まれた。

「カズヒサ、悪いがしばらく寝室にいてくれ」

「え……どうしたんですか？」

忌々しげに、ハーメドがまたため息をつく。

「客が来る。親族からの紹介だから、無視するわけにはいかん」

ハーメドの説明に、和久の目が一瞬輝いた。

チャンスだ。隙を見て、逃げられるかもしれない。

だが、その前に試練があった。寝室に和久を入れると、ハーメドが頬を両手で挟んでくる。

「……ゃ……っ」

問答無用でキスされた。熱い唇が和久のそれを覆い、チュッと吸ってくる。

「ん……やめ……んんぅ、ふ」

抗った拍子に舌が口内に入ってきた。口腔《こうこう》を我が物顔で舐め回し、逃げる舌を捕まえてくる。

「んっ……んぅ……ん」

思い切り吸い上げられた。そうしてやっと、唇が解放される。

「――思ったとおり、甘い唇だ。おまえを抱くのが楽しみだ、カズヒサ」

息を喘がせている和久に囁き、ハーメドが寝室から出ていった。

ガクガクと、和久の膝がくずおれる。唇を押さえ、力任せに足を殴った。

「ち……くしょ……っ！」

胸に触れられ、唇も奪われた。この上どれだけ、自分は義行を裏切ることになるのだろう。

そんなことさせるものか。

震える足を励まし、和久は立ち上がる。まずは外の様子を窺おうと、寝室のドアノブを回そうとした。

「…………っ！」

しかし、ノブは動かない。外から鍵をかけられたのだ。

「くそ……っ」

怒りにかられ、和久はドアを力任せに叩いた。そんなことをしても無駄だとはわかっている。しかし、自分自身に腹が立ってどうしようもない。

「義行さん……」

どうしたらいい。どうやって逃げたらいいのだ。

和久は絶望に呻《うめ》き、座り込んだ。

「――ありがとう。この礼はまた後日」

手短かに礼を言って、義行は携帯通話を切った。

表情は渋い。間に合えばいいのだが、と気が急《せ》いた。

きっかけは淳一であった。おそらく今夜も和久の帰りは遅いだろうと、淳一を飲みに誘ったところ、和久の仕事の関係で断られたのだ。

淳一の口調に異変――なにしろ、二十年近い付き合いのある友人だ――を感じ、聞きだしたのが今日の事件だった。

詳しい内容まではさすがに口を濁されたが、とにかくなんらかの事件が原因でプロジェクトが破棄される危険があるという。上の人間まで巻き込んで、どう謝罪したらと大騒ぎだという淳一の言に、義行は嫌な予感を覚えた。

すぐに和久の携帯電話に連絡をしたが通話は繋がらず、職場にかければ、和久は外出しているという。おそらく、ハーメドの元に謝罪に向かったのだろう。

すぐに、まずいと義行は思った。

今までのハーメドからの誘惑の数々を聞いていた義行が、ある危機感を持つのは当然だろう。

なまじ和久に遊んだ経験があるのがまずかった。和久はその生来の魅力で、男だろうが女だろうが好きなように食ってきたし、それで特別危険な目に遭うこともなかった。

うまく誘惑すれば、ハーメドのことも手玉に取れるだろうと考えても不思議ではない。

実際、以前の和久ならばうまくいったかもしれない。ただしそのためには、ハーメドと寝る必要があっただろうが。

そのことを和久はわかっていない。以前の和久には上手くいかなければ本当に寝てしまってもいいという軽さがあった。それがかえって和久の行動にゆとりを生み、結果として相手を翻弄する小悪魔的魅力に繋がった。

しかし、今の和久は違う。義行という絶対の存在に繋がれたことで、和久の中には自身の貞操を守らなくてはという思いが生まれている。

守るものがある人間は強くもなるが、弱くもなる。

今回の場合、弱みに繋がるだろう。

なによりハーメドのような男は、失敗すれば実際に寝る覚悟もない人間に落とされるほど甘くはない。

――そこら辺を読み誤ったのも、幸せゆえに勘が鈍ったせいか……。

加えて、ああ見えて情の深いところもある和久だ。淳一たち兄の足を引っ張ることや、このプロジェクトを成功させるまでの同僚たちの苦労を見過ごすことができなかったのだろうとも思う。自分もチームの一員であるという責任感もある。

なんとかできるチャンスがあるのなら賭けてみなくては、と強く感じただろうことは想像に難《かた》くなかった。

仕事に対する責任感、同僚たちとの連帯感、兄たちへの兄弟としての情——。

ため息をつくしかないが、ここでそれらを見捨てるような和久であれば、義行もここまで和久を愛しはしない。

どれほど自堕落なことをしていても、完全には堕ちきれていない和久を救い出したかった。誰よりも愛情を求めていたからこそ、自暴自棄な暮らしをしていた和久に、最大限の愛情を注ぎたかった。

手間がかかるのは、承知の上だ。

義行は、ハーメドが宿泊しているホテルに入っていった。


ドアにもたれて、和久は床に座り込んでいた。自分の愚かさに涙も出ない。

きっと義行はもう二度と、和久に触れてくれないだろう。愛してもくれない。

他の男に抱かれた和久を軽蔑《けいべつ》するだろう。

唯一の救いは、少なくともハーメドに身体を許せば、今回の件の口添えを頼めるだろうことだけだ。

仕事だけは救えるかもしれない。

和久は自嘲《じちょう》した。義行を失って、得るのが仕事——。

だが、責任はすべて和久にある。思い上がって、自分は無傷のままなんとかできると考えたのが間違いだった。

——義行さん、ごめん……。

愛してくれたのに。こんな自分でも受け止めてくれたのに。

裏切って、ごめん。

と、ドアの外から騒がしい気配が伝わった。来客が来たのだろうか。

しかし、それにしては物音がだんだん寝室に近づいてくるのがおかしい。

やはり来客は来ないことになり、ハーメドが和久との続きをしに来たのだろうか。

のろのろと、和久は立ち上がった。

その時、不意に思いつく。

まだ手はある。義行を裏切らず、仕事も救う方法が。

身を翻《ひるがえ》し、和久は寝室と続き部屋になっている浴室に走り込んだ。アメニティを漁《あさ》るが、それより先に、ハーメドが持参しただろうものが目に入った。

——こっちのほうがいい！

本人ではなく、従者にさせるのかもしれない。安全剃刀《かみそり》ではなく、床屋で使用されるようなタイプの剃刀を見つけた。

それを手にしたところで、寝室のドアが開く気配がした。

「——和久！」

その声に、和久はビクリと肩を揺らした。

――この声……そんな……。

この場所で聞こえるはずもない声だ。何度も何度も、共に暮らすマンションで聞いた声だ。

「義……行さ……ん……？」

「和久、そっちか！」

開けっぱなしだった浴室へのドアを見つけたのか、義行が向かってくる気配がする。

それを止めるハーメドの制止も聞こえた。

「やめろ！　失礼だな、君は」

いささか慌てているのは、ハーメドにとっても予期しない出来事だったからだろうか。

「和久――」

そして、背後から愛しい恋人の声がぶつけられた。

義行だ。義行がここに来てくれたのだ。

震えながら、和久は振り返った。信じられなかった。

「義行さん……どうして……」

手にしたままの剃刀に、義行が目を細める。

背後にいたハーメドが息を呑んだ。

「カズヒサ、それでなにをするつもりだ」

「あなたに……殿下に……抱かれたくなかった。でも、今回の件でなにもしないわけにはいかなかった。だから……」

「わたしを殺す気だったのか？」

呆然としたハーメドに、義行が和久に代わって答える。彼にはすべて理解できるのだろう。

「いいや、違う。死んで詫《わ》びようと思ったのだろう、和久」

「死んで⁉」

ハーメドが信じられないと、目を見開く。

そのハーメドに、和久は頷いた。

「はい。王女殿下への行為は、名誉にかかわる問題です。それに対する取り成しをお願いするのですから、ハーメド殿下のお望みを叶えるか、あるいは名誉に相応しいものを差し出すよりほかありません。ご希望に添えない以上、名誉に代わるものはこれしか……」

「なんということを……」

ハーメドが額に手を当てる。和久の覚悟が信じられないといった様子だ。

和久自身もとっさに思いついたことだ。ハーメドが信じられないのも無理はなかった。

だが、ハーメド最大の要求を拒んで、こちらの望みを叶えてもらおうというのだ。なんらかの代償が必要なのはわかっていた。

それに、どうせ自分にはもうなにもない。義行の愛情はこうなれば期待できないだろうし、こんな馬鹿なことをしたことを呆れられても仕方がない。

どうせ義行に見捨てられるのなら、自分の命などもうどうでもよかった。せめて、自分は最後までハーメドを拒んだのだとわかってもらえたら、それでいい。

そう覚悟したからだろうか。最後に思いがけない僥倖《ぎょうこう》が与えられたのは。

義行が来てくれた。だから、彼と最後の別れができる。よかった。

命を盾にしたこの交渉がどう転ぶにせよ、義行と自分の別れは決まっている。せめて最後に、自分の愚かさを謝るチャンスが得られたことが幸いだった。

「義行さん、ごめん。オレ……」

義行の表情は渋い。厳しい眼差しで和久を睨んでいて、その不快さが和久にも伝わる。

「ごめんなさい……」

再度、和久は謝った。許してもらえるとは思わないが、謝罪するだけはしたかった。

義行がため息をつく。忌々しげに息をつき、大きなストライドで、和久にあっという間に歩み寄ってくる。

「義行さ……」

「手間をかけさせるな」

そう言って、和久の手首を摑むと、手にしていた剃刀を取る。それを鏡台に置き、義行がハーメドを振り返った。

「――悪いが、これはわたしのものだから、殿下には差し上げられない。なぜ、差し上げられないか、これからその理由を殿下にもお教えしよう」

「君が、カズヒサの恋人か？　まさか、君たち二人のセックスを、わたしに見せる気か」

ハーメドが鼻白む。和久も驚いて、義行を見上げた。

「義行さん、あの……」

しかし、義行は和久の問いかけを聞かない。振り返ることもせず、ハーメドにニヤリと唇の端を上げてみせた。

「セックスではない。仕置きだ」

その言葉に、なにか思い当たったのか、ハーメドが眉を上げる。

「……あぁ、そういえば君はジャリルの紹介でここに来たのだったな。ということは、そちらのほうのお仲間か」

和久には話が見えない。ジャリルとは、先ほどの電話で聞こえてきた名だ。

たしか、その人物の通話のせいで、ハーメドは来客に対応する羽目になったはずだった。

ということは、つまり――。

義行が慇懃《いんぎん》に、軽く頭を下げる。

「ジャリル殿下とは、以前から交友させていただいております」

「ジャリル……殿下……？」

和久は驚いて、口を開けた。まさか、義行にスィナーク首長国の王族との付き合いがあったなんて知らなかった。

どうして、話してくれなかったのだ。

そこでハーメドの言った『そちらの』という意味ありげな言い方が引っかかる。

そちらのとは、どういう方面の仲間だというのか。

「来い、和久」

義行が、和久の腕を引く。よろめくように、和久は浴室から寝室へと移動させられた。そうして、ベッドの上に突き倒される。

「スーツを脱いで全裸になれ、和久」

傲然とした命令に、和久は真っ青になった。いるのが義行だけならばいい。しかし、ここにはハーメドもいるのだ。彼にまで裸身を晒すなんて、できるわけがない。

しかし、和久が凍りつくと、思い切り平手打ちされた。

「……あっ！」

「仕置きだと言っただろう。それとも、わたしからの仕置きを受けたくないと言うつもりか？　理由はどうあれ、自分から危険な場所に踏み込んだ罰は必要だろう」

打たれた頬を押さえ、和久は義行を見上げた。

罰――。

それは甘美な、許しの言葉だった。義行は和久を見捨てない。こんなことをしでかした和久を打ち捨てず、まだ愛してくれる。

罰を与えるというのは、そういうことだ。

呆然としていた和久の内側から、じわじわと喜びが生まれ出てくる。義行は和久を捨てない。罰を与えて、まだ愛してくれる。

――あぁ……義行さん……。

見上げる和久の瞳が潤んだ。

二人の遣り取りを、ハーメドが唖然《あぜん》とした様子で見つめている。最初から始まった暴力的な行為に、驚いているのだろう。

だが、止めようとはしない。

今からの行為を見せるのは、義行が決めた罰のひとつ。ハーメドに見られることすらも、和久に与えられる罰なのだ。

ギクシャクと、和久は頷いた。

「……はい、脱ぎます」

立ち上がり、ジャケットを床に落とす。そうして、ネクタイを外した。

従順に従い始めた和久に、ハーメドは口を開く。

「――驚いたな。ジャリルの趣味は聞いていたが、カズヒサもそっちの人間だったとは」

「正確に言えば、和久には罰する相手が必要なのですよ、殿下」

義行が腕を組んで、諾々《だくだく》とスーツを脱いでいく和久を見下ろしながら、淡々と言う。ボタンの飛び散ったワイシャツに、軽く目を細めた。

「かなり際どいところまで、殿下に許したようだな、和久」

冷え切った感想に、和久は身を竦める。

「ご……ごめんなさい……」

「胸のピアスを殿下に見せたのか？」

問いかけに、和久は俯いた。義行の目を見られない。見せたのみならず、胸を吸われたなんて、言えるわけがなかった。

しかし、義行の問いに黙り込む自由は、和久にはない。蚊《か》の鳴くような小さな声で、

「…………はい」

と答えるしかなかった。

義行は容赦しない。

「見せただけか？」

「義行さ……」

泣きそうな顔で、和久は義行を見上げる。しかし、冷淡な眼差しに脅《おび》え、すぐにまた視線を床に戻してしまう。

答えたくない。だが、答えなくてはいけない。

「む……胸を……殿下に、吸われ……ました……」

「ほぉ……」

義行がハーメドを振り返る。

ハーメドは両手を広げて、肩を竦めた。

「据え膳をいただくのは当然だろう？」

その答えに、義行は片眉を上げる。

「で、あれの胸の味はいかがでしたか？　可愛らしい乳首は美味かったでしょう」

耐え難い質問に、和久は両耳を塞いだ。

しかし、即座に歩み寄られ、腕を引き剝がされる。

「誰が、聞かなくてよいと言った？　自分がしたことだろう。どれだけ恥ずべき振る舞いをしたか、しっかりと聞いておけ」

「……っく、そんな……」

目が潤む。辱《はずかし》めという罰は、まずは和久の心から破壊していくのだ。

義行が振り返らないまま、ハーメドに再度訊く。

「さあ、殿下。和久の乳首の味はいかがでした。お答えください」

「いや……答えてもいいのか？　カズヒサが死にそうな顔をしている」

蒼白な顔で涙を浮かべている和久に、ハーメドがさすがに躊躇いを見せる。反抗的な和久を押し倒すことはできても、青褪めた彼に追い打ちをかける振る舞いはし難いのだろう。和久が本気で怯えていると、ハーメドは思っているのかもしれない。

実際、ハーメドの口から自分の無体な様を説明されたら、和久は気が遠くなるだろう。克明に説明されればされるほど、義行からの懲罰は厳しくなるのだ。

だが同時に、ひどい罰の予感に身体の奥がトロリとする。罰されることの幸福――。

それの与える悦びを、和久はすでによく知っている。

怯えながらも甘美な甘さを覗き見せる和久の表情の変化に、ハーメドが息を呑む。和久がなにに感じ、なにを求めているか理解した本能が、ハーメドを後退《あとずさ》らせていた。

「おまえたち……」

応じないハーメドを一瞥《いちべつ》して、義行は冷淡に和久に問いを移す。

「殿下に胸を吸われて、どうだった。わたし以外の男にも感じたか？」

「そんな……そんなこと……っ」

和久は声を上げた。

あるわけがない。寒気がして、背筋がぞっとした。

もう和久は以前の自分とは違う。義行以外の人間とのセックスなんて、少しもいいとは思わない。

「感……感じるわけ、ない……」

「本当に？」

「……あっ！」

グッと、まだスラックスに包まれている股間を押さえられた。

和久はビクンと震える。和久のそこはあろうことか、義行からの責めに勃ち上がっていたからだ。

「感じているな、和久」

「ち、違う……これは、違うっ。胸じゃなくて、義行さんに……あっ！」

また頰を叩《はた》かれた。

「脱いで、自分がどうなっているか殿下にもお見せしろ。己が、どれだけはしたない身体をしているか……」

「…………………………はい」

いやだった。義行のみならず、ハーメドにまで自らの痴態《ちたい》を晒すのは心底いやだった。

けれど、長い長い沈黙のあと、和久から零れ落ちたのは承諾の言葉だった。主人の命令を拒む意思など、和久にはなかった。

義行がやれと言うのならば、やらなくてはならない。それが、義行からの仕置きなのだ。

涙を浮かべながら、和久はベルトを弛める。

それから気づいて、靴を先に脱いだ。靴下も取り、スラックスの前を寛げる。

パサリ、とスラックスが床に落ち、そうして下着だけになる。

「カズヒサ……」

泣きながらも素直に裸になっていく和久に、ハーメドの喉が鳴った。欲情しているのだ。和久の裸身に。

二人の男の視線に晒されながら、和久はついに裸になった。目をギュッと閉じて、裸身を晒す。その下腹部では、恥ずべき果実がすっかり勃ち上がっていた。

「あれだけひどいことをされているのに、勃起……」

ハーメドの呟きが寝室に響く。

カァァッと、和久の肌が紅潮した。自分の性癖を指摘されて、羞恥に塗れる。

義行からされるどんなことでも、自分には快感に変換される。叱責されるのも、叩かれるのも、それが罰であるならば身体の奥が甘く疼く。

こんなふうになった自分が、和久は信じられなかった。こんな仕打ちを悦ぶようになるとは。

しかし、いけないことをしたのは自分だから、叱られるのはそれだけ愛の証しだった。愛しているから、義行は和久のダメなところを罰してくれる。

仕置きされるからこそ感じられる、愛されているという実感。

「――さて、殿下、和久がなにを悦ぶのか、とくとお見せしましょう」

義行が傲然と振り返り、ハーメドに薄く笑いかける。

淫靡《いんび》な調教の始まりだった。

気が遠くなりそうだった。

ピアスの嵌められた乳首は、痛々しく腫《は》れている。気をやりそうになると思い切り強く引かれて、痛みで射精を妨げられ続けたからだ。

まだ一度も、和久は逐情を許されていない。そのくせ、喘ぐ様はハーメドに晒されていて、羞恥でどうかしてしまいそうだった。

だが、そんなものはまだ序の口だった。

今、和久はベッドではなく寝椅子で、義行に貫かれている。片足を寝椅子に乗せ、背もたれにもたれた格好で、義行は下腹部だけ寛げて、和久に自身を咥えさせていた。

ハーメドはちょうどその正面になる位置のソファにいる。心なしか、顔色が青褪めていた。

当然だろう。義行の手には太い針があったからだ。それは、和久の勃起したペニスの先端に向けられていた。

呑まれたように、ハーメドは言葉を失くして、その光景を見つめている。

和久は啜り泣いていた。乳首でもそうとう怖かったのだ。それがペニスにだなんて無理だ。

仕置きだから、罰だから、と繰り返し自分に言い聞かせても怖かった。

「よ……義行さん……やめて、も……義行さんを怒らせることしないから……これだけは、や……」

義行は和久の腰を抱いて、ふふふと笑う。

「大丈夫だ。皮一枚を突いて、ピアス孔を開けるだけのことだ。こんなに勃起しているのだから、痛くはないだろう」

「嘘……絶対、痛…………あうっ」

軽く、中に挿入った怒張を揺らされる。とたんにジンとした疼きに支配されて、和久は背筋を仰け反らせた。

しかし、冷えた感触がペニスにして、身を竦ませる。

腰を抱いていた手が離れて、消毒薬を浸した脱脂綿をペニスの先端に当てたのだ。

「消毒しているだけなのに、蜜が溢れてくるな。本当は、ピアスを開けられたいのだろう、和久？」

「違う……あっ……あ、あ……あぅ、んっ」

肌がスースーする。雫が滲むとすぐにまた脱脂綿で拭われて、和久の腰が勝手に揺らぐ。

「じっとしていろ。ちゃんと針が刺せなかったら、大変だろう？」

「……ひっ！」

針が、ペニスのすぐ近くに来ていた。再び腰を強く抱かれる。

刺される。本当に、ペニスにピアス孔を開けられてしまう。

「いや……いやだ、っ……やめて、許して……義行さん……っ」

和久はもがくが、腰をしっかりと抱かれている上に、後孔は義行の怒張で突き刺されている。

逃げようにも逃げられない体勢だ。

針の先がプツン、とペニスを軽く押した。

「……ひぃぃぃ――――……っっ！」

ガクン、と腰が突き上がった。恐怖が、和久を支配する。張りつめた性器がブルンと震え、腹につく勢いで反り返る。

「いやがっているはずなのに……」

その反応に、ハーメドが呆然と呟いた。恐怖の中の快楽に、信じられないといった顔をしている。

「殿下、手伝っていただけますか？　この程度でこんなに悦ばれては、うまく針を刺すことができません。いかがいたしますか」

「そ……わ、わたしが手伝い……!?」

ハーメドの顔が紅潮し、驚いたように立ち上がる。

そのハーメドをそそのかすように、義行が針を持った手を差し伸ばす。

「さあ、殿下。大丈夫ですよ。こんなふうに怖がっていても、和久は本当はわたしに痛めつけられたいのです、ふふふ」

和久はガクガクと首を左右に振った。ハーメドからも身体を押さえつけられながら、ペニスに針を刺されるなんて耐えられない。

義行はどこまで、和久を辱めるのだ。

「いや……いやだ………あぅっ！」

拒むと、腰を抱いていた手が胸に這い上がり、容赦なく乳首のピアスを引っ張る。むごいほどに、腫れた乳首が伸び、新たな痛みを和久に与えた。

少しだけ、果実の勃起が治まる。しかし、萎えることはない。

和久は啜り泣いた。

と、ドサリとハーメドがソファに座り込む音が響いた。

「無理だ……」

額を手で押さえて、首を振っている。

「ペニスの先端を針で刺す手伝いなど……。考えただけで痛々しい」

「ですが、和久は悦んでいますよ。わかるでしょう」

「ゃ……あ、ん」

ツンツンと、針の先端で果実の先を突つかれる。ビクビクと、和久の下肢が震えた。クチ、と後孔が義行の怒張を食い締める濡れた音が響く。

熱い。ジンジンする。

みっしりと塞がれた後孔から、苛められる果実から、蕩けるような悦楽が和久の全身を犯してきて、怖いのに逃げられなくする。

「仕方がありませんね」

義行が低く笑った。ソファに座り込んでいるハーメドをチラリと見やり、彼に見せつけるようにして和久のペニスを握る。

「では、よく見ておいてください。これが、和久の望むセックスですよ。――和久、刺すぞ」

「ぁ……よ……しゆき……さん……」

怖い。逃げたい。叫びたい。

しかし、和久の身体がピクリとでも動くことはなかった。足を大きく開いたまま、凍りつく。

最初に感じたのは、チクとした痛痒感《つうよう》だった。

それが針だと自覚した瞬間、恐怖の悲鳴が上がる。

「あ………いやだぁぁぁぁぁぁ――……っっ!!」

惨《みじ》めに足を開きながら、和久は大きく仰け反って叫んだ。下肢が突き上がり、青筋を立てて反り返ろうとする。しかし、幹をしっかりと握られてペニスを固定される。

針が、性器の先端に突き刺さっていく。

痛みは、実際にはあったのかなかったのかわからない。そんな現実的な感覚よりも、ただただ急所に針を刺されたという怯えのほうが上回っていて、恐怖の叫びを上げさせる。

プツン、とまた鈍い感覚があったような気がした。耳朶に、低く笑う義行の吐息が触れた。

「――上手く刺さったな。次はこれを嵌めてやる」

硬直して叫び、中空を見つめていた目に、チリチリと可愛らしい鈴をつけたリング状のものを見せられた。リングは金でできていて、鈴のほかに真珠が一粒、ついていた。

新しいリングピアス。和久のペニスのためのピアス。

金具の輪をパチリと開き、義行の手が下肢へと下りる。

「あ……あ、あ……あぁ……」

言葉など、もう話せなかった。ただ「あぁ」と引き攣った呻きを洩らすことしかできない和久の視線を引きつけながら、義行が刺さった針をグルリと回す。

何度かそうしてから、抜かれた。

そして、さっきのリングがペニスの先端に嵌められていく。

痛みは、その時にやってきた。針よりも微妙にリングのほうが太さがあり、それが傷口を強引に開いていくのが思いのほか痛かったのだ。

「いっ……い、つぅ……う、うぅ……」

涙がボロボロ出る。和久はしゃくり上げた。

しかし、義行は歯牙にもかけず、強い力でリングをピアス孔に通していく。

これが罰。義行を怒らせた和久への、この痛みこそが罰なのだ。

「ひぅ……っ……う、ぅ……」

その瞬間、握られた和久のペニスに甘い疼きが走った。

痛いのに、下肢がガクガクと揺れる。痛みの奥の快楽に、泣きながら和久の芯は蕩け出していた。

最後にパチン、とリングを留められる。

「――よく似合う。和久には最高の飾りだな。そう思いませんか、殿下？」

ペニスが小刻みに揺れていて、リングの鈴がチリリと小さな音を鳴らす。

和久のペニスは勃っている。後孔は、クチュクチュと義行の怒張を食い締めていた。

「気持ち……いいのか、カズヒサ」

呆然と、ハーメドが訊いてきた。明らかに異常な行為に昂っている和久に、ハーメドは息を呑んでいる。

「……ゃ」

「見てもらいなさい。わたしに犯されて、気持ちよくなっているすべてを」

言葉と同時に、膝を持ち上げられた。

「あっ……義行さん、やぁっ……」

クチクチと充溢に襞口が絡みつきながら、抜かれていく。そして、抜け落ちる寸前で、膝裏を持つ力を抜かれた。

「あ……あぁぁぁぁ……っ」

グチュン、と淫らな音を立てながら、和久のそこは義行を呑み込む。

呼吸が荒くなった。どうしよう、気持ちがいい。ペニスの先はまだズキズキと痛むのに、後ろを苛められて甘い声が出てしまう。

いや、違う。そんなことを感じている場合ではない。

視線を上げると、持ち上げられては怒張を呑み込み、腰を揺らめかせている和久を、ハーメドが魅入られたように見つめている。

「いや……やだ……見、ないで……あ、やぁっ」

ペニスが揺れて、鈴が鳴る。反り返っても音を立てて、和久は羞恥で息もできない。

けれど同時に、責め立てられることに感じていて、喘ぐ声を止められなかった。

「いやらしい奴だ。辱められるのがそんなにいいか？」

義行に嬲られる。

いやだ。これ以上、和久を責めないでくれ。

それなのに、口は思いとは反対の言葉を迸らせる。

「気持ち……い……義行さんに怒られるの……気持ちいぃ……あ、あ、あ……イくぅ、っ！」

何度目かの突き上げに、和久のペニスがひと際淫らに反り返る。

グリ、と奥のイイ部分を抉られて、音の出る勢いで、先端から蜜が飛び出した。

「あ、あぁぁ……義行さん……っっ！」

しかし、収縮する中に義行は放出してくれない。

和久が達すると悠然と自身を引き抜き、寝椅子の上に押し倒した。

不様に転がった和久を跨《また》ぐと、軽く自身の剛直を扱く。

「…………あっ！」

熱い粘液が顔にかけられた。

べったりと濡れた和久に、義行がペニスを突きだす。

「舐めろ。綺麗にしたら、しまえ」

「あぁ……」

絶望と歓喜のため息が、和久から零れ落ちる。

絶望は、和久の中に出してくれないのだという喪失感。

歓喜は、まだ罰してもらえるのだという安堵感。

すでにハーメドのことなど、脳裏から消え失せていた。

恋人たちの異常な遣り取りを呆然と見つめているハーメドを忘れたまま、和久は突きだされたペニスに丁寧に舌を這わせた。

綺麗にしたら、義行の身繕いだ。

うっとりと、和久は己を支配する主の性器を清めていった。

§第五章

三十分後、身支度を終えた和久は身の置き所のない恥ずかしさに包まれて、リビングに立っていた。隣には、ついさっきまで激しく和久を責め立てていた義行が、涼しい顔をして佇んでいる。その頬には、ゆったりとした微笑が浮かんでいた。

義行は、ハーメドと握手を交わしている。

「ご理解いただけて恐縮です、殿下」

「いや、見事なものを見せてもらった。さすが、あのジャリルの友人だな。わたしではとうてい、カズヒサをああまで苛めてやることは不可能だ」

苦笑しながら、ハーメドが首を振る。そうして、俯いている和久に目を移すと、その顔を覗き込んできた。

「で、殿下……！」

「なにもかもわたしに見せてしまったのだから、そう恥ずかしがることはないだろう？　ヨシユキに苛められて喘ぐ君は、とても美しかったぞ」

「そ、それは……っ」

ハーメドは褒めているつもりだろうが、和久には恥ずかしい言葉だ。彼を観客として、自分はどれだけいやらしく、淫らな姿を晒してしまったことだろう。

あまつさえ、後ろに義行を受け入れながら、ペニスにピアスを開けられるところまで見られてしまって——。

和久は羞恥でどうしようもないのに、義行とハーメドはすっかり和解しているようだった。むしろハーメドなどは、義行の容赦ない責めに感嘆すらしている。

しかし、同じようには自分にはできないこともわかっているようだった。恐怖と痛みに、和久がどれだけ無防備になり、どれほど快感を露わにしたかわかっていても、自分の手で他人を傷つけることはハーメドには難しい。性癖の違いと言ったらいいだろうか。

同性も性愛の対象にするという点以外は、実にまっとうなセックス観の持ち主であった。

ただ、呆然としながらも、和久の痴態は充分堪能したようだ。最後に一言、こう告げてくる。

「本国への口添えの件、受けてやろう。実に見ごたえのあるショーであった」

「殿下……!?」

思いがけない申し出に、和久は思わず顔を上げた。もうダメだと思っていた交渉に、まさかのＯＫが出るとは。

「ほ、本当ですか？　で……でも、あんな恥ずかしいもので……その……」

見せつけるだけ見せつけて、ハーメドには少しもいい思いをさせていない。しかも、いささかならずアブノーマルな行為で……。

戸惑う和久に、ハーメドが破顔する。

「いささかの代金の積み上げと、石油精製プラント建設への便宜は図ってもらうがな。M商事は、わが国にとってもいい取引相手だ。写真の件も早急に火消しができたことであるし、契約を破棄するのはいかにも惜しい。そういうことだ」

軽く肩を竦めて、そう言ってくる。落とし所としては妥当なラインだった。

あるいは最初から、ハーメドはそう考えていたのかもしれない。

「あ……ありがとうございます！」

和久は深く頭を下げた。ハーメドの支援を得られるのは、会社にとっても願ってもないことだ。

「よかったな、和久。これに懲りて、今後は先走るな」

義行がふんと鼻を鳴らす。

まったくその通りではあるが、ハーメドの前であんなことまでされた和久としては、つい恨めしい気持ちで義行を睨んでしまう。

すると、義行がフッと口元を綻ばせた。軽く和久の鼻を抓《つま》む。

「そんな生意気な顔をするようなら、もっときちんと躾けるべきだな」

「し、躾けるって……」

「言っておくが、あの程度の責めなど、ジャリル殿下としていたことと比べれば手ぬるいものだ」

あまりな内容に、和久は言葉に詰まる。もしかしたらとは思っていたが、どうやらジャリルとの共通の趣味というのはＳＭ方面のものだったようだ。

冗談ではない。

叱ってもらえるのはいいが、悪いこともしていないのにひどい目になど遭いたくない。

「オレ、Ｍじゃないからな」

そう返した和久に、義行ではなくハーメドが笑い声を上げた。

「恐怖にあれだけ感じておいて、Ｍじゃない？　ははは、愉快なジョークだ」

「殿下！」

和久は抗議する。しかし、ハーメドは少しも聞こうとしない。

ムッとして、和久は押し黙った。義行のせいだと、じろりと恋人を睨む。

しかし、その恋人にも笑われ、和久はますます腹を立てるのだった。


「はい、殿下から口添えを確約していただきました……ええ……はい、その代わり……ええ……」

ロビーに下りて、早速佐藤に連絡する。明日にはスィナークに飛ぶ佐藤に、一刻も早くハーメドの助けが得られることを報告したかった。

「大丈夫です……はい、よろしくお願いします」

最後にそう言って、通話を終える。それを待っていた義行に、グイと肩を抱かれた。

「帰るぞ」

「よ、義行さん……人が……」

十時近くなり、さすがにロビーも閑散としだしているが、人目がまったくないわけではない。それなのに肩を抱いてくる義行に、和久は慌てた。

自分はいいが、義行が変な目で見られたらまずいのではないか。

しかし、義行はかまわず、和久とホテルを出ると、玄関前で待機していたタクシーに乗り込んだ。

自宅マンションの場所を指示し、タクシーを走らせる。

車内は沈黙していた。なにを話したらいいかわからない。

ハーメドのスイートでの出来事を話せば、運転手におかしな話を聞かれてしまうし、それ以外の話題といっても浮かばない。

結局無言で、自宅マンションまでタクシーに乗っていた。

降りると、また和久の肩に腕を回し、義行が歩きだす。

「あ、あのさ……」

「話は、家に入ってからだ」

そう素っ気なく言われて、和久は口を噤《つぐ》むしかない。

もしかしたら、本当はまだ義行は怒っているのだろうか。ハーメドの前だから愛想よくしていただけで、本心では和久を許していないのかもしれない。

いや、それならどうして、人目も気にせず肩を抱いたりなどする。

どう考えたらいいのかわからなくて、和久はだんだん俯いて、義行についていった。

しかし、自宅に入ってすぐ、玄関を上がったところで抱き竦められた。

「――馬鹿が。自分の力を過信するな」

「義……行……さ、ん……」

抱きしめられた身体が痛い。それほど強い抱擁《ほうよう》だった。

それでどれだけ義行が自分を心配してくれていたのか知り、和久の目尻にじんわりと涙が滲んだ。

見捨てずに怒ってくれたばかりか、心配までしてくれた。

義行がこんなに、和久を案じてくれていたなんて――。

震える腕で、和久は義行の背をかき抱いた。

「義行さん……義行さん……ごめんなさい」

ハーメドに痴態を見られた羞恥も、ペニスにピアス孔を開けられた恐怖も、すべてが溶けて消えていく。ただただ、義行に心配をかけたことが申し訳なかった。

「二度と……自分の身体を仕事で使おうなどと思うな。おまえにひどいことをしていいのは、わたしだけだ。いいな」

「うん……うん、義行さん。ごめんなさい……ごめんなさい」

髪を撫でられる。続いて顎を取られて、和久は義行を見上げさせられた。

「痛かったか？　ペニス……」

ピアスのことを問われて、和久は頬を染めながら、首を左右に振る。

「痛くない。義行さんにしてもらえるならなんだって。それに……あれはオレが悪かったんだから」

「いい子だ」

頬を撫でられ、唇が落ちてくる。うっとりするような甘い口づけに、和久は陶然と目を閉じた。

「……ん……ん、ふ」

やさしく唇を割ってくる舌が熱い。口腔内をねっとりと舐め上げられて、背筋に甘い痺れが走った。

「ん……ん……」

チュ、クチュと淫らな音を立てながら、キスが深まっていく。

――キスだけで……力が抜けて……。

和久は必死に義行の肩に摑まるが、足が震え出す。やがてガクリと脱力するまで、義行からのキスは続いた。

「んぅ………ぁ」

小さな音を立てて、唇が離れる。互いの絡み合った唾液が細い糸を紡ぐのを、和久はぼんやりと見つめた。身体が熱い。義行が欲しい。

義行がフッと笑った。

「あれだけひどく抱いてやったのに、まだ足りないか？」

「だって……」

恨めしい思いで、和久は義行を睨んだ。

「……だって、最後までしてくれてない」

「最後まで？　おまえはイッただろう」

「そ……じゃなくて……」

和久の頬が赤らむ。恥ずかしいことなどかつてならいくらだって口にしていた。ねだる言葉も平気だった。

しかし、義行には恥ずかしくてたまらない。自分が淫らで、義行という男を欲しがるのがとてつもなくいやらしく思えて、肌が朱に染まる。

もごもごと口ごもると、義行の手が尻を摑んだ。人差し指がツツと、尻の割れ目を辿る。

「ぁ……義行さ……」

「ここにたっぷり、わたしの胤《たね》が欲しいのだろう？　いやらしい奴め」

カアアッと、和久は頬ばかりでなく項《うなじ》まで、真っ赤になる。義行の言う通りなのがたまらなく恥ずかしかった。

「そ……はっきり、言わなくても……」

「恥ずかしいのか？　可愛いな、和久。だが、いいだろう」

そう言うと、軽く身体を離される。思わず義行を見上げようとすると、視界が反転した。

「……あっ！」

いわゆるお姫様だっこの形で抱き上げられた。和久は驚いて、義行の首に抱きつく。

「よ、義行さん……こんな……重いだろ」

「最後まで貞操を守ろうとしたご褒美だ」

スタスタと、義行が歩きだす。寝室へと。

「て、貞操って……！」

和久の身体が熱くなる。

――ご褒美。

義行はたしかにそう言った。貞操を守った褒美だと。

寝室に運ばれ、ベッドの上にやさしく下ろされる。

「オレ……義行さんに褒めてもらえること……した？」

「しただろう。まあ、命を盾になんてことをそう何度もされては困るが、それだけ必死だったと考えれば、褒めてやりたくなる。よく頑張ったな、和久」

もう一度、口づけられる。

思いがけない褒め言葉に、和久はぼおっとして、そのキスを受けた。

――嬉しい……。

いけないことをして叱られるのも嬉しいが、褒めてもらえるともっと嬉しい。

それに、和久のそういう行動に少々嬉しげな義行を見るのは、もっと胸が躍《おど》った。

「オレ……オレ、義行さんが好きだから……」

必死に訴えると、義行は頷きながら和久のスーツを脱がせていく。

あっという間に裸に剝かれて、真新しいピアスをつけられたペニスを弾かれた。

「……あっ」

「よく似合う。前々から、胸ばかりではなく、ペニスにも飾りが欲しいと思っていた」

そう囁いて、身を起こす。和久を見下ろしながら、義行もスーツを脱ぎ捨てていく。

ハーメドのスイートでは見せてもらえなかった義行の逞しい身体を目にして、和久は喉を鳴らした。

「あぁ……大きい……」

涼しい顔をしながらも、すでに雄芯を逞しくしていた義行に、和久はうっとりと呟く。

すると、見せつけるようにそれを、義行が数回扱いてみせてくれた。

「欲しいか？」

「うん……うん、欲しい」

手練手管もなにもなかった。夢中で、和久は頷いて、足を開く。膝を立て、自ら恥ずかしい場所を晒した。

「挿れて……義行さんが……欲しい」

「はしたない奴だ」

義行の行動に、和久のペニスも硬くなっている。ベッドに乗った義行にやさしく幹を撫でられた。その先端がリンと鳴った。

「ぁ……鈴……」

「おまえが感じるたび、この鈴が鳴る。さぞかしいやらしい音だろうな、ふふ」

「あぁ……」

和久は言葉もない。ピクンと花芯が揺れて、またリンリンと鈴が鳴った。

ペニスから秘処へと、義行の指が移る。蕾へと続く敏感な部分を撫でられて、腰が揺れた。

「ここ……気持ちがいいのか？　鈴が鳴っている」

「ゃ……言わないで……あ、あ……んっ」

感じると知っていて、わざとしつこくその部分を撫でてくる。指で辿られるたびにガクガクと、和久の下肢は揺れた。同時に、鈴の音が響く。

恥ずかしい鈴の音、熱くなる果実、ぞくぞくする身体――。

何度か撫でられたあと、指がツプリと後孔に挿入った時、和久は軽く仰け反った。

「あぅ……っ」

「よほどもの足りなかったのだな。わかるか？　自分から指を咥え込んでいるぞ」

義行の言うとおり、和久のそこはクチュクチュと蠢いて、宛がわれた指をさらに深くまで呑み込もうと戦慄いた。

「んっ……や……だって……」

下肢が揺れ、鈴が鳴る。後孔が指に吸いつき、さらに和久を切なくさせる。

「欲し……義行さ……っ」

指一本ではもの足りない。義行自身が早く欲しい。

義行がクックッと笑う。

「こんなに鈴が鳴るほど腰を揺らさなくてもいいだろう？　ああ、真珠が蜜に塗れてきた」

「んっ……んっ……や、だ……」

プルル、と果実が揺れる。先端から蜜が滲みだして滴となり、幹を垂れていくのが和久にもわかった。

真珠だけではない。鈴にも、和久の蜜は垂れているだろう。

しかし、腰が揺れるのを止められない。

義行の指がもう一本、和久の中に沈められる。

「まだ柔らかいな……」

「だ……だって……ぁ、あぁ」

ハーメドの前で嵌められていたのは、まだついさっきのことなのだ。その上、最後の逐情は与えられていなくて、欲求不満が募っている。

「お願……」

涙で滲んだ目で、和久は義行を見つめた。求めるように、腕を差し伸ばす。

義行は微笑んだ。意地悪しないのだろうか。もっと和久を焦らさないのだろうか。

いいや、素直に指を抜いてくれて、膝裏を抱え上げてくれる。

「義……行さ……ん……」

「ご褒美だと言っただろう？　今夜はおまえが欲しいだけ、好きなだけ、抱いてやる」

「………あぅっ！」

グチュリ、と後孔を太いモノで開かれた。そのままググッと怒張は中を抉り、奥まで和久を貫いていく。

「あ、あ、あ……義行さ……っ」

「和久……おまえの中はなんて熱くて……気持ちがいいんだ」

甘い囁きに、怒張を咥え込んだ肉襞がヒクンと窄《すぼ》まる。こんな真っ直ぐな義行の言葉を、和久は聞いたことがなかった。こんなふうに、和久の身体を褒めてくれるなんて。

和久はギュッと、義行にしがみついた。

「オレ……オレの中……気持ちいい？」

「ああ……なんて締めつけだ」

ズチュ、ヌチュ、と義行が動き始める。

逞しいモノが花襞を開いて、抜けて、収縮するとそれを押し広げるようにまた剛直を咥えさせてくれて――。

和久は仰け反り、両足を義行に絡みつかせた。

「あ……あ……あ……だって……義行さん、だから……義行さんがオレの中……いるって思うと……ギュッとなって……気持ちよくなって……あぁ、い……いぃ……っ」

「まったく……ん、いいぞ。やっぱりおまえはMだな。なじってやると、中がわたしに絡みついてくる、ふふ」

「ち、ちが……っ」

和久は赤面する。Mだなんてとんでもなかった。自分がそんな性癖のわけがない。

ただ、義行に言われるとゾクゾクする。苛められるのも、褒められるのも、ちゃんと和久を見てくれていると感じられるからだろうか。

きっとそうだ。義行だから、自分はこんなにも感じてしまうのだ。たとえ、アブノーマルな行為でも。

「……出すぞ」

低く、耳朶に囁かれた。締めつけている義行の充溢がドクドクと脈打っている。

――あぁ……オレの中に……。

やっと義行の胤を出してもらえる。グチャグチャにしてもらえる。

悦びが、和久の全身に満ちた。

「出して……オレの中、義行さんでいっぱいにして……ぁ、んっ」

「……っく……和久」

義行の息遣いが荒くなる。ガクガクと腰を使われ、身体がずり上がるほどの勢いで突き上げられた。

「あぁ……義行さん……っっ！」

キュゥウッ、と和久の後孔が収縮した。強く抱きしめられ、義行がブルリと震える。

「んん――……っ！」

勢いよく中に放たれる樹液に、和久も蜜を解き放つ。

互いの身体がビクンビクンと同じリズムで震え、欲望を吐き出した。

蕩けるような一体感――。

満たされた思いで、和久はいっぱいになった。義行でなければ味わえない幸福だった。

気がつくと、ただ呼吸だけを貪って、和久はぐったりしていた。義行がやさしく髪を、頬を撫でてくれている。

「――よかったか？」

目を開けて、そう訊かれた。

和久はコクリと頷く。

「義行さんは……？」

「よかった。まだ、やりたい」

ズクリ、とまだ繋がったままの怒張を軽く動かされる。

それはまた硬度を蘇らせ、和久を求めて熱く猛《たけ》っていた。

「……ぁ、義行さん……すごい」

「おまえだって……まだ使いぞ？」

ふふふと含み笑われながら、花芯をねっとりと扱かれた。

「ぁ……ダメ……んっ」

鈴の音は聞こえない。なぜ、という思いが顔に出たのか、義行が教えてくれる。

「おまえの蜜に塗れて、音が出なくなった。いっぱい出したものな」

「そっ……」

真っ赤になると同時に、握られた果実がまた甘く熟す。

「や……ん……」

「動くぞ、和久。おまえが気がつくまで待ったが、わたしももう我慢できない」

「あ……あっ、義行さん……っ」

力強い抽挿が始まる。続けざまに抱き合うなんてなんて淫らなと思ったが、そんな思考などあっという間に義行から与えられる悦楽の波に流されてしまう。

「義行さん……義行さ……あ、あぁ」

「くっ……和久」

義行から汗が滴る。和久も夢中で、愛する男にしがみついた。

「好き……好き、ん……んんぅ、っ」

義行に唇を奪われる。抽挿のたびに、先に放たれた精液がグチュグチュと襞口からはみ出し、濡れた音を立てた。

その淫らな音を聞きながら、和久は義行と舌を絡ませる。

「ん……んぅ……ふ……」

愛し合う夜は、ゆっくりと過ぎていった。


数日後――。

義行が険しい顔をして、携帯端末を睨んでいる。

それを横から覗いて、和久はクスリと笑った。

「すっかりメル友だね、義行さん」

「馴れ合ったつもりはなかったのだがな……」

義行は渋い顔だ。メールの相手はハーメドだった。あの夜以来、すっかり義行を気に入ったようで、なにかとメールを送ってくる。

メールによると、義行と和久の交わりを見て、あらためて家族愛が込み上げたとのことだった。アバヤを纏った女性が二人と少年が二人、抱き上げた幼女一人との写真が、メールに添付されていた。

「……って、ハーメド殿下、結婚してたんだ」

呆然と、和久は呟く。最初から和久に秋波《しゅうは》を送ってきたから、てっきり独身だと思い込んでいた。

「しかも、アバヤの女性は二人とも殿下の妻らしい」

「え……」

思わず、和久は義行を見上げる。義行は眉間に皺を寄せていた。

「二人も妻がいながら、和久にも食指を伸ばしていたとはな……」

「や……でも、イスラム圏なら一応、四人まではOKだし……」

別に和久が庇《かば》う義理などはないのだが、ついそう言ってしまう。

しかし、内心では義行と同意だ。二人も妻がいるのに和久に誘いをかけてきたハーメドに、改めて呆れてしまう。

しかも、義行とのアブノーマルな行為を見せつけなくては諦めなかったのだから、とんでもない。

クイ、と義行に顎を取られる。

「おまえを三人目の妻にするつもりだったかもしれないぞ」

「まさか……！　オレは男だよ」

「男だろうと、和久は充分魅力的だ。だが――」

呟いて、義行がニヤリとする。ワイシャツの上から、胸のピアスの部分を撫でられた。

「ちょっ……」

「和久はMだから、ハーメド殿下の手にあまるな」

「ちがっ……オレはMなんかじゃないぞ」

しかし、胸を弄っていた手が、スルリと股間に下りる。ギュッと握られて、和久は身を縮めた。

「ここに針を刺されて、ずいぶん感じていたじゃないか」

「あ、あれは……だって……」

和久は恨みがましい目で、義行を見遣った。Mだから感じたのではない。いけないことを罰しても
らえたから、だから、仕置きに身体が反応してしまっただけだ。

その心の声が聞こえたのだろうか。義行がクスリと笑った。股間をやさしく撫でながら、唇を耳朶
に寄せる。

「――まあ、いけないことさえしなければ、怖いことはしない。せいぜい気をつけろ、和久」

「う……」

次に罰される時には、なにをされるのだろう。また違う場所にピアスを開けられるのか。それとも、
もっと違う罰になるのだろうか。

「……ん」

ジン、と身体が疼いた。クックッと義行が含み笑う。

自分はMではないと思うのだが、罰される想像になぜか身体が蕩けた。

──ああ、もぅ……義行さんのせいだ。

義行があんなことをするから、身体が変に反応しているのだ。

きっとそうだと結論づけて、和久は義行に抱きついた。

「気持ちよくなっちゃった責任、取ってよ」

唇を尖らせると、チュッとキスをしてもらえる。

「いけない子だな。出社前ではたいしたことなどできないだろう。──咥えられるのと、咥えるのと、どちらをしたい？」

あぁ、自分はどうしてしまったのだろう。咥えてもらうほうが圧倒的に気持ちがいいはずなのに、口は勝手に別のほうを選んでしまう。

「……咥えたい。義行さんの……口いっぱいに……」

「淫乱め。好きにしろ」

義行がドサリとソファに座って、足を開く。

その狭間にふらふらとひざまずき、和久は義行のベルトに手をかけた。ベルトを緩め、ボタンを外し、ジッパーを下ろすのに胸がドキドキする。

「熱い……んぅ」

引き出した雄はすでに昂りだしていて、和久は鼻を鳴らしてその充溢を咥えていった。

「……いい子だ」

やさしく髪を撫でられる。

幸福感が満ちてきて、和久はうっとりと義行の怒張をしゃぶった。

「美味し……ん……ふ」

やがて吐き出される欲望も、和久はすべて嚥下《えんげ》するだろう。義行への奉仕は、和久の悦びだった。

朝の爽やかなリビングに、和久の舌が絡まるチュ、クチュという淫らな音が広がっていった。

あとがき

こんにちは、いとう由貴《ゆき》です。今回は、自分的にはちょっと異色のカップルになりましたが、いかがでしたでしょうか。

ワタクシとしましては、念願の乳首ピアスがやれたので大ハッピーでございました。さらに勢いあまって、乳首よりもさらに痛そうなところにまでピアスプレイができたので、満足☆満足の一冊です。OKを出してくださった担当様、ありがとうございました！

さて、今後の義行《よしゆき》&和久《かずひさ》はどこまで進んでしまうのでしょう。ちょっと縛ったりくらいはされそう……と思っているイトウです。和久くん、頑張ってついていってください、南無南無。


と、和久くんの今後を祈ったところで、いろいろな方にお礼を。

まず、イラストを描いてくださった五城《ごじょう》タイガ先生。雑誌掲載時から引き続き担当してくださり、とても嬉しかったです。にもかかわらず、ご迷惑をおかけして……すみません(涙)。素敵な義行と和久、それとハーメドを、ありがとうございました！

　それから、担当様。いつもいつも真人間になりたいと叫んでおりますが、なかなか達成できず、申し訳ありません。いえもう本当に合わせる顔がなく……。次こそはいい私をお見せできるよう、頑張ります。ありがとうございました。

　そして、最後になりましたが、この本を読んでくださった皆様。温かいお部屋でアイスなどなど食べながら、このお話も楽しんでいただけると嬉しいです。義行さんの痛さを、甘～いアイスが中和してくれると思います♪

　ではでは、また違うお話でもお会いできることを祈っております。

カールのカレー味が止まらない☆いとう由貴

初出

危険な遊戯	２０１３年 リンクス１月号掲載
甘美な遊戯	書き下ろし

この本を読んでの
ご意見・ご感想を
お寄せ下さい。

〒151-0051
東京都渋谷区千駄ヶ谷4-9-7
(株)幻冬舎コミックス　リンクス編集部
「いとう由貴《ゆき》先生」係／「五城《ごじょう》タイガ先生」係

リンクス ロマンス

危険な遊戯

2014年2月28日　第1刷発行

著者……………いとう由貴《ゆき》
発行人…………伊藤嘉彦
発行元…………株式会社　幻冬舎コミックス
〒151-0051　東京都渋谷区千駄ヶ谷4-9-7
TEL 03-5411-6431（編集）
発売元…………株式会社　幻冬舎
〒151-0051　東京都渋谷区千駄ヶ谷4-9-7
TEL 03-5411-6222（営業）
振替00120-8-767643
印刷・製本所…株式会社　光邦
検印廃止

ISBN978-4-344-83055-4 C0293
Printed in Japan

幻冬舎コミックスホームページ　http://www.gentosha-comics.net